मृणाल पाण्डे

जन्म : 26 फरवरी, 1946 को टीकमगढ़, मध्य प्रदेश में।

शिक्षा : एम.ए. (अंग्रेजी साहित्य), प्रयाग विश्वविद्यालय, इलाहाबाद। गन्धर्व महाविद्यालय से 'संगीत विशारद' तथा कॉरकोरन स्कूल ऑफ आर्ट, वाशिंगटन में चित्रकला एवं डिजाइन का विधिवत् अध्ययन।

कई वर्षों तक विभिन्न विश्वविद्यालयों (प्रयाग, दिल्ली, भोपाल) में अध्यापन के बाद पत्रकारिता के क्षेत्र में आईं। 'साप्ताहिक हिन्दुस्तान', 'वामा' तथा 'दैनिक हिन्दुस्तान' के बतौर सम्पादक समय-समय पर कार्य किया। स्टार न्यूज और दूरदर्शन के लिए हिन्दी समाचार बुलेटिन का सम्पादन किया। तदुपरान्त प्रधान सम्पादक के रूप में 'दैनिक हिन्दुस्तान', 'कादम्बिनी' एवं 'नन्दन' से जुड़ीं। वर्ष 2010 से 2014 तक प्रसार भारती की चेयरमैन भी रहीं।

प्रकाशित पुस्तकें : *विरुद्ध, पटरंगपुर पुराण, देवी, हमका दियो परदेस, अपनी गवाही, सहेला रे* (उपन्यास); *दरम्यान, शब्दवेधी, एक नीच ट्रेजिडी, एक स्त्री का विदागीत, यानी कि एक बात थी, बचुली चौकीदारिन की कढ़ी, चार दिन की जवानी तेरी* (कहानी-संग्रह); *ध्वनियों के आलोक में स्त्री* (संगीत); *मौजूदा हालात को देखते हुए, जो राम रचि राखा, आदमी जो मछुआरा नहीं था, चोर निकल के भागा, सम्पूर्ण नाटक* और देवकीनन्दन खत्री के उपन्यास *काजर की कोठरी* का इसी नाम से नाट्य-रूपान्तरण (नाटक); *स्त्री : देह की राजनीति से देश की राजनीति तक*, स्त्री : लम्बा सफर (निबन्ध); *बन्द गलियों के विरुद्ध* (सम्पादन); *ओ उब्बीरी* (स्वास्थ्य); मराठी की अमर कृति *मांझा प्रवास : उन्नीसवीं सदी* तथा अमृतलाल नागर की हिन्दी कृति *गदर के फूल* का अंग्रेजी में अनुवाद।

अंग्रेज़ी : *द सब्जेक्ट इज वूमन* (महिला-विषयक लेखों का संकलन), *द डॉटर्स डॉटर, माई ओन विटनेस* (उपन्यास), *देवी* (उपन्यास-रिपोर्ताज), *स्टेपिंग आउट : लाइफ एंड सेक्सुअलिटी इन रूरल इंडिया।*

हमका दियो परदेस

मृणाल पाण्डे

अनुवादक
मधु बी. जोशी

राधाकृष्ण पेपरबैक्स

पहला पुस्तकालय संस्करण
राधाकृष्ण प्रकाशन प्राइवेट लिमिटेड द्वारा
2001 में प्रकाशित

राधाकृष्ण पेपरबैक्स में

पहला संस्करण : 2011
दूसरा संस्करण : 2018

राधाकृष्ण पेपरबैक्स : उत्कृष्ट साहित्य के जनसुलभ संस्करण

राधाकृष्ण प्रकाशन प्राइवेट लिमिटेड
जी-17, जगतपुरी, दिल्ली-110 051
द्वारा प्रकाशित

शाखाएँ : अशोक राजपथ, साइंस कॉलेज के सामने, पटना-800 006
पहली मंजिल, दरबारी बिल्डिंग, महात्मा गांधी मार्ग, इलाहाबाद-211 001
36 ए, शेक्सपियर सरणी, कोलकाता-700 017

वेबसाइट : www.radhakrishnaprakashan.com
ई-मेल : info@radhakrishnaprakashan.com

बी.के. ऑफसेट
नवीन शाहदरा, दिल्ली-110 032
द्वारा मुद्रित

मूल्य : ₹ 125

HAMKA DIYO PARDES
Novel *by* Mrinal Pande

ISBN : 978-81-8361-436-8

क्रम

अथ मयूर कांड

उन दिनों-रात को हम एक लम्बे, खुले बरामदे में सोते, जिसके दोनों छोरों पर जाफरियाँ लगी थीं। मुझे डर लगता रहता कि दीनू, कुक्की और मैं, जाफरी के छेदों में से सरककर नीचे गली में जा गिरेंगे। गली में दिन-भर अजीब, कुछ डरावने से, रिफ्यूजी काफिले गुज़रते रहते थे। यह अगस्त, 1947 की बात है। हम दिल्ली में थे।

सेनापति दीनू, साढ़े चार बरस की मेरी बड़ी बहन थी। हमारा चचेरा भाई कुक्की पाँच वर्ष का। मोर कांड से उसका कुछ लेना-देना नहीं था, कम-से-कम शुरू में तो। यह हमारे बाबू के भाई का घर था। मेरे चाचा जो कभी भावी चित्रकार और कभी भावी फोटोग्राफर रहे थे, 'गिल' के नाम से भी जाने जाते थे क्योंकि मसें फूटने के ज़माने में वे अमृता शेरगिल के बड़े भारी दीवाने रह चुके थे।

हाँ तो मैं कहाँ थी ? याद आया, बरामदे की बात हो रही थी। 1947 के शरद के दिन थे, हमारी चाची का दूसरा बच्चा होनेवाला था। अब भी इतनी गर्मी थी कि उनके अलावा हर कोई खुले में सोना चाहता था। मुझे बस इतना ही याद है कि पानी की चिलमची लिए भागती-दौड़ती एक नर्स हमें भगा रही थी और तभी एक नए जन्मे बच्चे के रोने की आवाज ने मुझे डरा दिया था। उसके बाद मुझे कुछ याद नहीं।

फिलहाल मैं आपको बरामदे के बारे में और बताती हूँ। बरामदे की दीवारें हरे रंग से पुती थीं और उसके फर्श पर लकड़ी के फट्टे लगे थे, दोनों तरफ लगी जाफरी भी हरे रंग की थी। जाफरी पर पुते पेंट की एक मीठी चिपचिपी सी गन्ध थी। उसकी अधसूखी बूँदें लोहे से लटकी रहती थीं। जब हम इन बूँदों को अपनी उँगलियों के बीच दबाते तो उनमें से ताजे हरे खून जैसी पेंट की एक बूँद निकलती।

बरामदा मुझे डराता था। उसके नीचे से सारा दिन, धूल से अटे रिफ्यूजियों के लम्बे-लम्बे कारवाँ गुजरते चले जाते थे। कुक्की और मेरी बहन कूदते हुए आवाजें लगाते—रेफूजी ! रेफूजी !! मैं बोल नहीं पाती थी और न ही सब कुछ देख सकने के लिए भरपूर उचक पाती थी। इसलिए मैं अक्सर बिसूरती हुई अपना सफेद तकिया लिए खड़ी रहती जिस पर मेरी लार चूती रहती थी। रात को मैं अक्सर जाग जाती। इससे माँ बहुत ही खीझतीं। उन्हें खिझाना बहुत आसान था, हमेशा ही।

दीनू वह तार थी जो मुझे सृष्टि से जोड़ता था। वह दिन-भर रेलिंग पर खड़ी रहती और लगातार बोलती जाती। वह मुझ से पूरे तीन साल भी बड़ी नहीं थी लेकिन अभी से ही उसकी पकड़ हर चीज पर थी। मैं मानती हूँ कि यह बेतुकी बात है। लेकिन मेरे लिए उसका कहा ब्रह्मवाक्य था, जब तक कि खसरा कांड हमारे जीवन में न आया।

अब खसरे का किस्सा जानने के लिए हम फास्ट-फॉरवर्ड होकर नैनीताल चलते हैं। नैनीताल जो उत्तर प्रदेश के पहाड़ों में बसा

एक कस्बा है।

नैनीताल।

जिस दिन हमारे दादा नहीं रहे, और हमें हमारे नौकर कुशलिया के साथ पहाड़ी की चोटी पर भेज दिया गया था, ताकि हमें पता न चले कि दादा मर गए, तो दीनू ने ही मुझे बताया था कि दादा तो मर गए। हालाँकि मुझे मालूम नहीं था कि इसका क्या मतलब हुआ। लेकिन दीनू की आवाज इतनी गम्भीर थी कि मुझे लगा कि आँसू बहाए जाने जरूरी हैं, और मैंने तुरंत कुछ आँसू बहा दिए।

दीनू का चेहरा दुबला-पीला सा था और उसके घने घुँघराले बाल थे। जब उसने नम हवा में अपना सिर हिलाया तो उसके चौड़े माथे के छोरों पर से लटें ऊपर को उठ गईं और उसके सिर पर एक काले घुँघराले मुकुट की तरह जम गईं। इसलिए उसके बालों के फैलते ही मैं जैसे इशारा सा पाकर रोने लगी और दीनू ने कड़ाई से कहा कि मैं अभी क्या बच्ची ही हूँ ? जब मैं इस पर भी चुप नहीं हुई तो मुझे बहलाने के लिए उसने एक मरी हुई चिड़िया ढूँढ़ निकाली और कहने लगी कि चलो इसे दफनाते हैं। उसने कुशलिया से डंडियाँ ढुँढवाईं जिनसे हम चिड़िया को दफनाने के लिए गड्ढा खोद राकें और मुझे बताया कि अब पहले दादा को लाल कपड़े से ढका जाएगा और फिर उन्हें भगवान के पास ले जाया जाएगा, उसके बाद हम कभी उन्हें नहीं देख गाएँगे, इस चिड़िया की ही तरह।

यह सुनकर मैं और रोई क्योंकि मुझे दादा और वो मूँगफलियाँ जो वह मुझे खिलाते थे, बहुत अच्छी लगती थीं। हालाँकि दादा की दाढ़ी मुझे हमेशा चुभती थी, पर मैं रोई इसलिए क्योंकि मैं दीनू की कही हर बात पर विश्वास करती थी। उसने मुझे बताया कि हमारे दादा अब सचमुच के देवता बन गए हैं और रात को वह तारा बन जाएँगे, और यह पहाड़ी जिस पर हम खड़े हैं ना, दादा ने ही हमारे लिए बनाई है। उसने बताया कि सब बड़े लोग असल में तो भूत होते हैं जो दिन में दादा, माँ और बाबू के चेहरे लगा लेते हैं और रात को बत्ती बुझते ही चेहरे उतार फेंकते हैं। इस आखिरी बात

पर मैं विश्वास नहीं कर पाई, मेरी हिम्मत ही नहीं पड़ी। पर मैंने उससे कई बार यह बात कहलवाई और हर बार मैं मन-ही-मन कहती—नहीं ! नहीं ! नहीं !

दीनू के पास ऐसी कई डरावनी बातें थीं, पर कई अच्छी-अच्छी बातें भी थीं, जैसेकि उसने हमारे लिए दो बच्चे ढूँढ़ निकाले थे, लक्का और सुन्नी—जो उसके और मेरे बच्चे थे। खाना खाते हुए हम उनकी दुनिया बनाते। भात की ढेरी पहाड़ बनती, उस पर उँडेली दाल 'उनकी' नदी और हरी भुज्जी 'उनके' पेड़...। हम देर तक इस सब की योजना बनाते और रसोइए कुशल सिंह की खुशामद करके सहजन की फलियाँ और बैंगन के डंठल पकवाते। यह हमारी झूठ-मूठ की मिर्चें होतीं, जिन्हें हम सी-सी करते चबातीं ताकि लक्का-सुन्नी से कह सकें कि "नहीं, तुम्हें मिर्चें नहीं मिलेंगी, बाप रे ये तो बहुत तीखी हैं !" कभी-कभी जब हम बहुत ही अच्छी बच्चियाँ साबित होतीं तब तो कुशलिया कद्दू के डंठल से हमारे लिए झूठ-मूठ की चिलमें बना देता। उनमें वह अजवायन भरकर ऊपर से अंगारे रखता था ताकि हम भी सचमुच का धुआँ निकाल सकें। हम दादा की नकल करते हुए इन चिलमों को मुट्ठी में दबाकर दम लगाते और खाँसते, खों ! खों !

हमारे इस कुशल रसोइए कुशलिया की एक सुन्दरी प्रेमिका भी थी, लाल बालों और हरी आँखोंवाली मेहतरानी जो शेरकोट, धामपुर की रहनेवाली थी। जब भी हमारे माँ-बाबू नीचे लेट शो की फिल्म देखने जाते, कुशलिया हमें अपनी प्रेमिका के घर ले जाता। वह हमें खाने को गुड़ देती थी और बड़े लोगों के घर लौटने से पहले ही हम घर लौट आते थे। फिर एक बार ऐसा हुआ कि मैं शिशूण की झाड़ी में गिर पड़ी। हमारा भांडा फूट गया और कुशलसिंह को निकाल बाहर किया गया। हमें उसकी बहुत याद आती थी, जब वह गया तो मैं खूब फूट-फूटकर रोई। बाद में उसकी कोठरी से कुछ मनीऑर्डर की रसीदें मिलीं। हर महीने "तुम्हारा दिवाना—कुशलसिंह" "दिलों की मलिका—सुरैया" के नाम पच्चीस रुपए का मनीऑर्डर भेजता रहा था।

हमारा कुशलिया फिल्मों का भारी शौकीन था। कभी शाम को जब हमें भूख न लगती तो कुशलिया गीत गाकर हमें खाना खिलाता। अक्सर मैं बहाना बनाती कि मुझे भूख नहीं है, तब कुशलिया नक़्की सुर में दुःख भरे दो गाने गाता। कुशलिया तुकबन्दी में बातें भी कर सकता था। उसके पास एक मन्त्र था जिसे पढ़कर वह रोते हुए बच्चों को हँसा सकता था। वह उसे कहता था : अन्तर मन्तर कुदई का जन्तर।

अब हालाँकि मैं और दीनू कुशलिया को बहुत प्यार करते थे, और लोग उसे जरा भी प्यार नहीं करते थे। जैसेकि एक तो हमारे बाबू ही हुए।

"वो तो पूरा बदमाश था," एक बार बाबू किसी से कह रहे थे। जब मैंने पूछा कि बदमाश का क्या मतलब होता है तो माँ ने बाबू को घूरकर देखा और बाबू ने मुझसे कहा, "चलती बनो !" उन दिनों मैं हमेशा ही शब्दों के अर्थ पूछती रहती थी और हमेशा ही मुझे चलता किया जाता रहता था। इसलिए बाद में जब मैंने पढ़ना सीख लिया तो डिक्शनरियाँ मेरी प्रिय साथी बन गईं। लेकिन उस समय तो मैं समझ नहीं पाई कि क्या करूँ। मैं मन-ही-मन दोहराती रहीं, बदमाश, बदमाश, बदमाश।

रात को दीनू मुझे चिढ़ा रही थी, "तुझे कुछ नहीं पता, बुद्धू !" मैंने चट से कह दिया, "बदमाश !"

वैसे मुझे पता था कि वह ठीक कह रही है, मुझे भी लगता था कि मैं बुद्धू हूँ। उन दिनों मुझे कुछ मालूम नहीं था, मैं छोटी सी और खोई-खोई सी दिखती थी। सब लोग यही कहते थे। मुझे लगता भी था कि मैं छोटी सी और खोई-खोई सी महसूस करती हूँ। उस दिन भी जब हम एक लाल-हरी बस में बैठकर अल्मोड़ा गए और बाबू ने मुझे एक लाल प्लास्टिक का पर्स दिया, मुझे लगा था कि मैं छोटी सी और बुद्धू हूँ। मुझे पता नहीं था कि हम कहाँ जा रहे हैं, या क्यों, या यह कि लाल पर्स का मतलब बाबू से दूर जाना है।

जब बस चली और बाबू पीछे छूट गए तो मैं बाबू के पास

जाने के लिए रोने लगी। मैं इतना रोई कि आखिर मुझे उल्टियाँ आने लगीं। दीनू मेरे कान में फुसफुसाई, "बुद्धू !" माँ ने मेरी गर्दन बस से बाहर निकाल दी और अपनी नाक सिकोड़ ली। पूरे रास्ते उस लाल पर्स पर नजर पड़ते ही मुझे उल्टी आती रही। जब तक हम अल्मोड़ा पहुँचे मेरी नाक बन्द हो गई थी और मुझे बुखार आ गया था।

अल्मोड़ा।

"ये बच्ची भी अच्छी भली आफत है," कहते हुए माँ ने मुझे यूँ धम्म से बिस्तर पर पटका कि मैं बिसूरने लगी। नानी आईं और मेरी बहती आँखें देखते ही उन्होंने हुक्म दिया कि मुझे बाकी बच्चों से अलग रखा जाए। अगली सुबह जब मैं उठी तो मेरे शरीर पर बहुत बारीक-बारीक दाने उभर आए थे, दीनू ने मुझे बताया, "तुझे खसरा हुआ है।" उसने मुझे यह भी बताया कि मेरे बाहर जाने और खेलने की मनाही है। मेरे तकिए के नीचे नीम की एक टहनी रख दी गई और हर पन्द्रह मिनट में दीनू हमारे ममेरे-मौसेरे भाई-बहनों की टीम का नेतृत्व करती आती और मुझे चिल्लाकर बताती कि वे अब क्या कर रहे हैं। एक बार तो वह आकर चुपके से मुझे मिठाई भी खिला गई। लेकिन ज्यादातर तो मौसी की शादी की तैयारी की गहमा-गहमी से भरे इस घर में मैं अकेली ही पड़ी रहती।

एक शाम को मेरी नक्सीर फूटी जिससे बाकी सब बच्चे बहुत प्रभावित हुए। बुखार तो मामूली बात थी, लेकिन नक्सीर कब-कब फूटती है ? "मुझे लगता है तू मरनेवाली है," दीनू ने मुझे बताया।

मैंने प्रतिवाद नहीं किया। दीनू से भला असहमत हुआ जा सकता था ? उससे तो कोई असहमत नहीं हो सकता था। वह जानने लायक तमाम बातें जानती थी और जो कुछ वह जानती थी वह तो होना ही हुआ। इसलिए मैं बहुत देर-देर तक आँखें बन्द किए पड़ी मानती रही कि मैं शायद मर गई हूँ। लेकिन मैं मरी नहीं। दीनू के सर्वदर्शी होने में जो मेरी आस्था थी वह इस घटना से बहुत बुरी तरह हिल गई और यह आस्था दोबारा जम पाई मोर कांड के बाद।

सातवें दिन दीनू उछलती हुई आई और बोली कि नानी ने कहा है कि अब मैं बाहर आ सकती हूँ। सात मिर्चें, मुट्ठी-भर नमक और सरसों के दाने सात बार मुझ पर से वारकर एक हंडिया में रखकर चौराहे पर रखवा दिए गए। नानी ने मेरे माथे पर सिन्दूर का टीका लगाया तो मुझे लगा कि अहा मैं कितनी महत्त्वपूर्ण हूँ। अब मैं सब चीजें खुद देख पाने को आजाद थी।

बाहर आने पर दीनू ने मालिकाना अदा से मुझे सब चीजें दिखाईं—वह कमरा जिसमें लगता था कि मिठाई के हजारों थाल भरे हैं; दूब से ढके गणेशजी, रंगीन कागज को काटकर बनाई गई तिकोनी झंडियाँ जिन्हें पुराने टिन के डिब्बों में पकाई गई आटे की लेई से सुतली पर चिपकाया जा रहा था, मौसी की विदाई के लिए तैयार की जा रही पालकी, पगुराती उकताई सी गायों से भरी गोठ...।

अब मैं अखरोट के पेड़ से ढके-से मेहमानखाने के पास के नींबुओं के बाग में भी जा सकती थी और नीचे मोटर सड़क के पास मोहन धोबी की किराने की दुकान में भी जहाँ खटमिट्ठी लैमनचूस, सफेद और गुलाबी चाशनी चढ़े बादाम और लाल-सफेद पैकेट में मिठाई की सिगरेटें मिलती थीं। दुकान में मोहन कपड़े भी इस्तरी करता था। इसके पीछेवाले हिस्से में शास्त्रीय संगीत की कक्षा लगती थी। हारमोनियम की आवाज ढलान के अन्त तक सुनी जा सकती थी। दुकान तक जाने के लिए प्रकाश के घर के सामने से होकर जाना पड़ता था। प्रकाश हमारा दूर के रिश्ते का मामा था जिसका दिमाग कुछ ठीक सा नहीं था। अक्सर वह अपनी पत्थर की हवेली की सीढ़ियों पर सूरज को देखकर मुँह बनाता और बीच-बीच में सिहरता सा बैठा रहता। ''तू पागल है, पागल, पागल,'' हम प्रकाश को देखकर पुकारते। तब मुझे मालूम नहीं था कि यह सच है। प्रकाश जन्म से ही ऐसा था। वह दिखने में तो बड़े लोगों जैसा ही था लेकिन उसकी लार बच्चों की तरह चूती रहती थी। वह खुद न तो खाना खा पाता था, न कपड़े पहन पाता था। उसके पाजामे का नाड़ा हमेशा लटकता रहता था।

असल में तो कस्बे में ऐसे कई लोग थे। हमें बताया गया था कि वे सब या तो दूर के रिश्ते के भाई थे या चाचा-मामा या बुआ-मौसियाँ और इसलिए हमें उनसे बहुत अदब से पेश आना चाहिए।

उनके बारे में कई बातें हैं बताने को।

सबसे पहले तो भुवनदा पागल जो चिथड़े जमा करता रहता था। वह अक्सर रंगबिरंगे चिथड़े लटकाए, मोरपंखों, घंटियों और मनकों से अपनी शोभा में चार चाँद लगाए नानी के यहाँ आ टपकता। सब उससे यूँ बात करते जैसे वह एकदम दुरुस्त हो, अगर वह भोजन के समय आता तो उसे बड़े सम्मान से भोजन परोसा जाता। यूँ तो वह कोई गड़बड़ नहीं करता था लेकिन कहते हैं कि स्कूलों में शरारत करने में उसे खास मजा आता था क्योंकि कभी वह टीचर रह चुका था। जैसेकि एक बार वह गर्ल्स स्कूल में चला गया और वहाँ कमरों में टट्टी कर दी। यह उस स्कूल में पढ़ानेवाली अपनी पत्नी से उसका अपने ही ढंग बदला था। कहते थे कि एक बार वह बॉयज स्कूल के खेल दिवस के दिन जब रिले रेस चल रही थी, वहाँ जा पहुँचा। उसने सबसे पास के लड़के से बैटन छीन लिया और 'भुवन सर्व प्रथम, भुवन सर्व प्रथम' चिल्लाता हुआ सन्न खड़े मुख्य अतिथि के पास पहुँच गया।

फिर उसका हट्टा-कट्टा भाई था सोहनदा पागल जिसकी लम्बी, मोटी बाँहें बालों से भरी थीं। हमारे घर के गेट के पास के अखरोट के पेड़ पर एकदम नया लाल लैटर-बॉक्स लगाया गया था। सोहनदा की नजर उस पर पड़ी तो बोला, "अल्मोड़े में इतने बकस, अल्लाबकस (दर्जी), मौलाबकस (चूड़ीवाला), लैटरबकस; ये बकस मेरा," और उसने लैटर-बॉक्स यूँ उखाड़ लिया जैसे वह डाल पर लगा सेब-सन्तरा हो। इस बात पर कहते हैं कि ताजीरात-ए-हिन्द नाम की किसी किताब की किसी दफा के तहत स्थानीय कांस्टेबल ने उसे रात-भर के लिए हिरासत में ले लिया। पर मुझे पक्का विश्वास है कि हमारी ही तरह कांस्टेबल की भी उससे रिश्तेदारी रही होगी इसलिए सोहनदा को कोई नुकसान नहीं पहुँचा।

ऐसी अफवाह थी कि कस्बे के कुछ परिवारों को शाप था और उनमें पति ही नहीं, समय-समय पर पत्नियाँ और गाएँ भी पागल हो जाया करती थीं। मसलन एक ताई थीं जो साल-भर तो ठीक ही रहती थीं लेकिन जब उन पर देवी आ जाती थी तो वह अलफ़ नंगी अपने आँगन में बैठ जाती थीं और हाथ-पैरों के बल बकैंयाँ चलती हुई बर्राती थीं कि मैं ही इष्ट कुलदेवी हूँ ! फिर ताई को धूप सुँघाई जाती, दीप दिखाया जाता, उनके पैर छूकर माफियाँ माँगी जातीं और वे ठीक हो जातीं। उनकी गोठ की गाएँ भी बीच-बीच में आँखें घुमातीं और बेवजह दूध से भरी बाल्टियों को लात मारकर लुढ़का देतीं। किसी ने बताया था कि यह सब इसलिए होता था क्योंकि कभी इस परिवार ने एक बहू को बहुत सताया था और मरते हुए वह इन्हें शाप दे गई थी।

मैं इन सब पागलों से बहुत ही डरती थी हालाँकि बाकी सब लोग या तो इनकी अनदेखी करते थे या उनसे ऐसे ही बात करते थे जैसेकि किसी और से करते। मुझे उनके बेढब डीलडौल से डर लगता, उनकी ताकत से, उनकी डगमग चाल से, उनके बीच-बीच में फड़कते चेहरों से डर लगता। सबसे ज्यादा डर तो मुझे उनकी बड़े-बड़े कंचों जैसी अस्थिर आँखों से लगता जो हमारे आँख मिलाकर उन्हें देखते ही स्थिर हो जातीं। मैं तो ज्यादा से ज्यादा इतना ही करती कि "पागल !" कहकर जितनी तेजी से दौड़ पाती, दौड़ निकलती और मुड़कर उनकी विचित्र हँसी, जो मैं जानती थी कि वे हँस रहे हैं, तक न देखती।

एक बार नानी के यहाँ पहुँच जाने पर माँ तो हमारी पहुँच से बाहर सी ही हो जाती थीं। नानी के घर में वे गावतकियों, बहनों, पत्रिकाओं और किताबों से घिरी पलंग पर पड़ी रहतीं। मिलनेवाले दिन-भर आते रहते और वे या तो उनसे बतियाती रहतीं या पढ़तीं। हमारी मुठभेड़ें कुछ यूँ रहतीं :

—मुझे भूख लगी है।

—जाओ, जाकर रसोई से कुछ ले लो। हाँ...तो मैं क्या कह

रही थी ? तो इस छोकरी ने अपने प्रेमी से कहा...

—प्रेमी क्या होता है ? रसोई में कोई नहीं है !

—क्या लम्बे कान हैं छोकरी के बाबा ! अरे कोई है तो इसके सिर पर जरा ब्रेड और मक्खन मार दो ! श्श्श ! अब जाओ ! और मुझे जरा वो पीली किताब उठाकर दे दो, नहीं यह नहीं, वो दूसरीवाली ! और भाभी तुम्हें यकीन नहीं होगा मैंने क्या देखा...

हम समझ चुके थे कि ऐसे समयों पर माँओं से बात करने का कोई फायदा नहीं है। इसलिए जब वे पलंगों पर लेटी बतियाती होतीं तब हम बाग़ में चले जाते और जी भरकर कच्चे फल खाते। वहाँ हम अक्सर अपनी कल्पनाओं को जीते। कुछ कल्पनाओं को जीने के लिए बहुत छल और गोपनीयता की जरूरत होती। हम क्षुब्ध भी होते और खुशी से मरे भी जाते कि हमारी माँओं को कुछ खबर नहीं कि हम कर क्या रहे हैं।

तो हम अल्मोड़ा तक पहुँच ही गए !

यह ठीक ही है कि अल्मोड़ा कस्बे का मेरी कहानियों में प्रवेश ऐसे हो, मेरे प्रेमों और डरों, कल्पनाओं और छलों के बड़े से मायोपिक क्लोज अप के साथ।

माँ के परिवार में अतिनाटकीयता की एक सहज प्रतिभा थी। वे सब लोग बेहतरीन खाने, किताबों, संगीत, कॉमिक्स और क्रिकेट के प्रेमी थे और कामकाज से उन्हें नफरत थी। माँ के भाई पी.के. मामा वह सूर्य थे जिसके चारों ओर इस घर का सौरमंडल घूमता था। वे विदेशी पत्रिकाओं में दिखनेवाले पुरुषों की तरह एक अभेद्य शालीन असम्पृक्तता ओढ़े रहते थे। पी.के. मामा अपनी बहन की शादी में आए हुए थे, वे ज्यादातर एक निक्कर पहने बेंत की कुर्सी पर अधलेटे धूप खाते मिलते। बीच-बीच में वे सिर उठाकर ऊपर देखते, मुस्कराते, और फिर धूप के चश्मे के पीछे आँखें बन्द कर लेते। उनका कहना था कि शादियाँ उन्हें उबाती हैं। पी.के. मामा बहुत खूबसूरत थे, उनके मुँह के कोने में विदेशी सिगरेट खुँसी रहती, धुआँ

उगलते हुए उनकी आँखें सिकुड़ जातीं। इन सब कारणों से औरतें पी.के. मामा पर मरी जातीं। वे जबर्दस्त निशानेबाज थे और उनके पास कई किस्म की बन्दूकें थीं, उनमें से कई ऐसी थीं जिन्हें सिर्फ ऊँचे सरकारी अफसर और फौजी जनरल ही रख सकते थे, ऐसा उनका बेटा अनु कहता था।

जब पी.के. मामा चुप रहते तो हमें लगता कि वे गहन चिन्तन में डूबे हैं। लेकिन मामा शरारतों का खजाना थे और चुटकुलों पर दिल खोलकर हँसते थे। जब वे आसपास होते तो घटनाएँ अचानक और बड़े अद्‌भुत ढंग से घटतीं। अतिशयोक्ति हम सबको घुट्टी में पिलाई गई थी। लोग या तो बहुत बोलते या, एकदम चुप रहते, हाजिरजवाबी आपको किसी भी झंझट से बचा सकती थी। जुबानदराज़ और कुछ ज्यादा ही चतुर बच्चा होना सही बात थी, भोंदू भलामानुस होने का मतलब था हर वक्त अपनी खिंचाई करवाना।

पी.के. मामा के बारे में मुझे सबसे ज्यादा याद वह खुशबू है जिसमें वे नहाए से लगते थे। उस कस्बे में जहाँ कमरों में गोबर से लिपाई करके एक फेफड़े चीर देनेवाली लोबान का धुआँ दिया जाता था, पी.के. मामा हमेशा नफ़ीस कोलोन और दामी सिगरेटों की गन्ध से गमकते रहते थे। वे पंच, मेन ओनली और टिन-टिन कॉमिक्स पढ़ते थे जिनके चट्टे पाखाने के पास लगे थे। वे कहते थे कि कॉमिक्स पढ़े बिना उनकी आँतें टस से मस नहीं होतीं। पी.के. मामा एक प्रतिष्ठित कॉलेज से पढ़े थे, बीस बरस की उम्र में वे एक महाराजा के दीवान बन गए और फिर बाद में सरकारी नौकरी में आ गए। मामा अल्मोड़े के सबसे हँसोड़ इंसान थे, मामी की नाजुकमिज़ाज चचेरी-ममेरी बहनों के आने पर उनकी हास्य प्रतिभा खासतौर पर जाग उठती।

कस्बे में दो तरह के लोग थे : साहब लोग और देसी लोग। साहब होने के आवश्यक लक्षण थे एक खास किस्म की धीर-गम्भीरता, साहबी उच्चारणवाली अंग्रेजी, तकल्लुफ़-भरी बातचीत और थ्री-पीस सूट। हँसी मजाक और किसी का रौब न खाने की

अपनी आदत के चलते माँ के परिवार वाले साहबियत के साँचे में बिल्कुल फिट नहीं हो सकते थे।

आप पूछ सकते हैं कि दूरदराज के इस पहाड़ी कस्बे में, जहाँ बिजली या रेलवे लाइन का दूर तक अता-पता नहीं था, इस किस्म की साहबियत कैसे पहुँची ? तो किस्सा ऐसा था कि कुछ अर्से तक मिशनरियों ने अल्मोड़ा के सनातनी हिन्दुओं को अंग्रेज प्रोटेस्टेंट साहब बनाने की जीतोड़ कोशिश की थी, लेकिन ज्यादातर लोग हमारी ही तरह अड़ियल टट्टू निकले; आखिर बेचारे मिशनरी कस्बा छोड़कर चले गए। उनके प्रयासों की यादगार बचे एक चर्च, एक क्रिश्चियन स्कूल और ईसाई बन गए लोगों से भरा एक ईसाई मोहल्ला। सवर्ण लोगों का इस मोहल्ले में जाना बहुत बुरा माना जाता था। यहाँ डेजी और रोजी जैसे नामों और एंग्लोइंडियन नाकनक्शवाली लड़कियाँ रहती थीं और लड़कों के नाम डैनियल या विक्टर या जैक्सन होते थे। यह लोग मुर्गियाँ पालते थे और अंडे और मुर्गी खाते थे, इनकी लड़कियाँ धूप में रंग-बिरंगी छतरियाँ लगाकर ही बाहर आती-जाती थीं। हमारी माँ और मौसियाँ हमेशा फुसफुसाकर बताती रहती थीं कि कौन चाचा या जीजा मिठाई का डिब्बा लिए ईसाई मोहल्ले में जाते देखे गए। फुसफुसाते-हँसते हुए कही गई यह विकट सच्चाइयाँ कस्बे के देसी लोगों का खास लक्षण थीं और इसमें हम बचपन में ही दीक्षित हो गए थे। ईसाई बच्चे जब अपनी तिपहिया साइकिलें चलाते (जिनके लिए हम मरे जाते थे) तो हम लोग आँखें मटकाते और मुँह बनाते। किसी ने हमें वह दोहा सिखा दिया था—हसुआ हैरी, जसुआ जैका कैल नी जानी च्याला कैका ? जिस का अर्थ था कि घसियारा हसुआ हैरी और उसका भाई जसुआ जैक बन गए हैं, अलबत्ता उनके बाप का नाम किसी को नहीं पता।

मुझे बहुत जल्दी ही समझ में आ गया था कि लोगों से अटे घर में जहाँ बेटों के बेटों की ही पूछ होती हो, बेटियों की बेटियों का काम चिड़चिड़ी या रोनी होने से नहीं चलेगा। उन्हें बड़े लोगों की निगाह में चढ़ना हो तो उन्हें बतरस का जादू जगाना आना

चाहिए।

शायद इसी वजह से हमारे परिवार की लड़कियों ने रोना-बिसूरना बहुत जल्दी ही छोड़ दिया और वे ऐसे शब्द या बिम्ब जो लोगों को हँसा दें या चकित कर दें उनकी घात में रहने लगीं, उस पर नजर पड़ते ही वे आकाश में उड़ती चील की तरह झपट्टा मारकर उसे दबोच लेतीं। अगर हम लोग अनकिए कामों के बारे में किस्से गढ़ते थे या बातों को बढ़ा-चढ़ाकर कहते या स्वरों के नाटकीय चढ़ाव-उतार इस्तेमाल करते थे तो सिर्फ दिखावे के लिए नहीं, बल्कि इसलिए कि यह जरूरी था। ताकि हम पर ध्यान दिया जाए। अस्तित्व तो इसी से सिद्ध होता था न कि किस पर कितना ध्यान दिया गया।

हमारे विपरीत साहब किस्म के लोग थे। वे सदा शान्त और तुष्ट दिखते और हमें देखकर मुस्कुरा-भर देते थे। उनकी भ्रान्त तटस्थता और आत्मनियन्त्रण के चलते मामी का मायका हमारे लिए साहबियत का चरम उदाहरण था। वहाँ व्यवस्था का अविच्छिन्न राज था। और जब भी हम वहाँ जाते तो हमें तमीज से पेश आने की ढेरों हिदायतें दी जातीं।

बचपन में ही मामी अपने पिता को खो बैठी थीं लेकिन उनके ताऊओं ने उन्हें बहुत प्यार से पाला-पोसा। तीखे नाक-नक्शवाले, मामी के लम्बे छरहरे ताऊ लोग आत्मनियन्त्रण और सत्ता की प्रतिमूर्तियाँ थे। गुड़गुड़ बड़बाज्यू हुक्का गुड़गुड़ाते रहते थे और साहिब बड़बाज्यू हमेशा थ्री-पीस सूट पहने रहते और हमसे पूछते कि अब तक हमने अंग्रेजी वर्णमाला सीखी या नहीं।

हमारी नानी के घर के सब मर्द युवा, मनमौजी थे और उनसे बात करना आसान था, पर मामी के परिवार के अति गम्भीर बूढ़ों की अटल शान्ति और बुद्धिमत्ता की झलक हमें आतंकित सा करती। वे हमें अपने चश्मों के पीछे से आँखें सिकोड़कर देखते और हमारे नमस्कारों के जवाब में गला खरखराकर रह जाते। दोनों के बेटे खूब सफल निकले थे और उनकी बहुओं की आज्ञाकारिता और शालीनता की हमारे कस्बे में धाक थी। भरे-भरे शरीरों और

खुशमिजाज चेहरोंवाली यें बहुएँ सिर्फ गर्मियों में ही अल्मोड़ा आती थीं और उनके चेहरों पर भलमनसाहत फैली रहती।

उनके घर के आँगन में उतरनेवाली सीढ़ियों पर जब हम कूदते हुए उतरते तो साहब बड़बाज्यू कभी-कभी सिर हिलाकर बुदबुदाते : 'बेटियाँ ही बेटियाँ ! तमाम अच्छे घरानों में जहाँ देखो वहाँ बेटियों की भरमार है !' फिर वे कनखियों से अपने भाई की तरफ देखते। गुड़-गुड़ बड़बाज्यू की कई प्यारी-प्यारी पोतियाँ थीं, पोता नहीं था। साहब बड़बाज्यू को अपने पोतों पर बहुत गुमान था। वे हमेशा ही एक न एक पोते को अपने पास बैठाए रखते और कितने भी लोग मौजूद हों, सिर्फ अपने पोतों को ही बढ़िया माल खिलाते। अलबत्ता कभी-कभार वे अपनी भतीजी के बेटे अनु को, आम की एक फाँक या एक टॉफी देकर कृतार्थ करते। हमें वे कभी कुछ न देते। हम बेटी की बेटियाँ थीं। बहुत हुआ तो हमें देखकर वे मुस्कुरा-भर देते।

उनके घर की सभी औरतें धीमे सुर में बोलतीं और अपने नीम-अँधेरे जनाने कमरों में भी सिर ढके रहतीं। उनके कमरे हमेशा चकाचक साफ रहते और उनमें कपूर और गीले ऊन की गन्ध भरी रहती। हमारे घर की हमेशा बोलती रहनेवाली औरतों के मुकाबले वे कुछ चुप-चुप, चौंकी सी और उन लोगों सी दिखाई देती थीं जिनकी राय कभी पूछी नहीं जाती। उस घर की पोतियाँ खुशमिजाज, प्यारी, खिलखिलाती रहनेवाली थीं, वे हमें बाँहों में भर लेतीं और खूब खिलाती-पिलातीं। हमारे मामा जो झूठ-मूठ का इश्क जताते और करीब-करीब भोंडी हरकतें करते, उनका वह हँस-हँसकर बखान करतीं। घर की बहुएँ और बेटियाँ, मामी से अक्सर मिलने आतीं और एक नजाकत और विदेशी इत्रों की गन्ध साथ लातीं। हमारे परिवारों के बीच गहरा और सचमुच का प्यार था।

अक्सर मामी की बहनें अपने इत्र-बसे नन्हे रुमाल हमारे यहाँ भूल आतीं। बाद में हम उन्हें सूँघते ओर बेहोश होने का नाटक करते। एक बार पी.के. मामा ने इन रुमालों से एक कामचलाऊ चोली बनाई और उसे पहनकर रसोई के दरवाजे पर हमें नाच करके दिखाया। हम लोग इतना हँस रहे थे कि हम खाना बनाती नानी

को, जो उन्हें देख नहीं पा रही थीं, अपनी हँसी का कारण नहीं बता पाए। आखिर जब नानी को माजरा समझ में आया तो वे गरजीं, "ठहर तू बदमाश ! आ तुझे अंगारों से फूँकूँ ! बिचारे बच्चों को खाना खाते हुए हँसाता है ! उच्छू लग जाएगा तो ?"

धीरे-धीरे एक बालों से ढका पैर सामने आया, फिर बाँह, फिर तैरनेवाले जाँघिए और रुमालों की चोली से सजी मामा की धूप में तपी 6 फुटी देह, "मैं हूँ हसीन अमेलिया," नक्की सुर में कहते वे इठलाए।

अब हँसते-हँसते लुढ़क पड़ने की नानी की बारी थी।

मेरे लिए नानी का घर बहुत मजेदार था, लेकिन यह पूरी तरह गम्भीर या पूरी तरह समझ आ सकनेवाली जगह नहीं थी। यहाँ कोई बड़े लोगों से नरमी या खास अदब से नहीं बोलता था। हम अपनी मौसियों को नाम लेकर, बिना 'जी' या 'मौसी' साथ लगाए पुकारते—यूँ भी उनमें से कुछ तो स्कूल में ही पढ़ रही थीं। और जब हम कोई हँसी की बात बताते तो वे भी वैसी ही अजीब सी हँसी हँसते जो मैंने भी विरासत में पाई है—खुशी से भरी, ऊँची और बेकाबू—उन लोगों की हँसी, जो खूब हँसते हैं और कभी उतनी ही आसानी से आँसू बहाते हुए उदास भी हो जाते हैं, उनकी बातें बेझिझक और मजेदार होतीं। एक बार मैंने पी.के. मामा से पूछा कि राजनीतिक दल क्या होता है ? मामा ने पूरी गम्भीरता से बताया "वो लोग जिनका लिंग नहीं होता।" "पर वो तो हिजड़े होते हैं," मैं बोल पड़ी, इस पर मामा ठठाकर हँसे और माँ को पुकार कर बोले, "अरी, ये चलेगी ! ये समझती है।"

उन्होंने ही हमारा परिचय कई किस्म के भूतों से करवाया : कच्छ में उनके आँगन में घूमता पानी माँगनेवाला सिरकटा राजपूत योद्धा मुनकट्टा; उल्टे पैरोंवाली चुड़ैल; सूने पुलों पर लोगों को रोक कर उन्हें घोड़े के खुर जैसे हाथ दिखानेवाला विचित्र भूत, और हाँ, दलदली जगहों पर टिम-टिमानेवाली रोशनियाँ 'टोला', जिन्हें मौसियाँ बिनब्याही मर गई लड़कियों की बेचैन आत्मा बताती थीं।

तब तक हम सब बच्चों की मौत में जबर्दस्त पैठ हो चुकी

थी। समस्या यह थी कि मौतवाले घरों में हमें जाने नहीं दिया जाता था, इसलिए हमें नीचे के मोड़ से होकर सोमेश्वर के श्मशान को जाती शवयात्राओं को देखकर ही सन्तोष करना पड़ता।

ऐसे ही एक शवयात्रा दर्शन के बाद मोरकांड हुआ। बाद में हम सबको पास के स्कूल में भेजकर हमारे घरवालों ने इन शवयात्रा-दर्शनों पर रोक लगाई। लेकिन वह किस्सा कुछ महीने बाद का है।

यह लाश किसी सुहागिन की थी, अर्थी पर पड़े चकाचक लाल कपड़े को देखकर कोई भी समझदार यह जान सकता था। जब लाश और उसके पूरी तरह जलने में लगने वाले समय पर बात करते हुए हम ऊपर पहुँचे तो दीनू नानी के सोनेवाले कमरे के पासवाले छोटे से पार्टीशन रूम में लगे बड़े बेल्जियन दर्पण के पास खड़ी थी। उसने अपनी मुट्ठी हमारी नाकों के तले घुमाई।

यह कोई ऐसी भंगिमा नहीं थी जिसे नज़रअन्दाज किया जा सके।

"अरे बेवकूफों खिड़की के पास आओ," वह बोली,

यह आदेश निर्दोष बिल्कुल नहीं था।

हमारे ममेरे भाई अनु की हल्की भूरी-सुनहरी आँखें उसकी तरफ मुड़ीं, फिर हम सबकी तरफ। उसका हमउम्र होने के कारण हममें सबसे बड़ी दीनू की मुट्ठी में बन्द रहस्यों की झलक सबसे पहले उसी को देखने को मिलती थी। दीनू ही हमारा प्रकाशस्तम्भ और तमाम रहस्यों का स्रोत थी, एक ऐसा चरित्र जिसे हम नज़रअन्दाज कर ही नहीं सकते थे। हमारी आँखें चमकने लगीं।

दीनू ने दोहराया : "तुम सबको आना पड़ेगा। एक चीज है जो तुम सबको देखनी होगी।"

"हम उसे यहीं क्यों नहीं देख सकते," शुभा गिड़गिड़ाई, मौसियों की तरह उसमें भी धीरज की कमी थी और जासूस-डाकू के खेल तक में वह पहले ही रहस्यों का खुलासा करा लेना चाहती थी। बाकी लोगों ने भी प्रतिरोध का स्वर उठाया लेकिन मैं अलग ही रही। वफादारी का तकाजा था कि दीनू की गहन-गम्भीरता बनी

रहने दी जाए। दीनू भी विचलित नहीं हुई। उसने लापरवाही से अपनी कलाई नचाई और मेरी तरफ देखती बोली, "ठीक है, फिर मैं सिर्फ अपनी बहन को ही वह दिखाऊँगी।"

अनु नजरें उस पर गड़ाए-गड़ाए बोला, "यह तो बड़ी घटिया बात है।"

"होती रहे," दीनू बेफिक्री से बोली, "पता है यह क्या है ?" कमरे में चुप्पी छाई रही। मेरे गले में कुछ होने लगा जैसे मैंने गलती से नानी की तम्बाकू वाली सुपारी खा ली हो। "जादू !" दीनू उत्तेजित लेकिन मन्द स्वर में गा-सी उठी। तब तक हम सब उस पर झुके पड़ रहे थे। उसने हमारी तरफ पीठ यूँ मोड़ी जैसे कि सिर्फ दीनू ही मोड़ सकती थी। छह महीने छोटे, सुनहरी-भूरी आँखों वाले ममेरे भाइयों और बहनों की यही औकात थी।

हम लपक कर हाँफते हुए खिड़की के पास जा खड़े हुए। मुझे लग रहा था कि मेरे फेफड़े फट जाएँगे ! घर के ज्यादातर कमरों की तरह यह कमरा भी लम्बा, सँकरा और हरा पुता था। इसमें दो खिड़कियाँ थीं, एक बड़ी खिड़की थी जिसके नीचे पच्चीकारी की हुई एक तरह की बालकनी थी, और एक छोटी खिड़की थी जिसकी जाफरी में से भयावने मुँह बना-बनाकर हम मिशनरी स्कूल के बच्चों पर कागज के तीर फेंकते थे। बड़ी खिड़की के पास खड़ी होकर दीनू ने धीरे-धीरे अपनी हथेली खोली जिसके सफेद और गुलाबी पठारों से पसीने की नन्हीं धारें निकल रही थीं।

लेकिन हम तो *उसके* सिवा कुछ देख ही नहीं पा रहे थे।

वह दीनू की हथेली पर पड़ा था। जरी का बना हुआ एक मोर। ऐसा गज़ब का सुन्दर कि हमारी ऊपर की साँस ऊपर और नीचे की साँस नीचे रह गई। उसके सुनहरे पंखों पर पाँच सीपें जड़ी थीं और आँख की जगह भी एक सीप पर लाल मनका जड़ा था। लगता था जैसे वह कह रहा हो, मैं जादू का मोर हूँ ! मैं शहंशाह हूँ !

दीनू ने बताया कि उसने दर्पण को सरकाया था और उसके पीछे से यह चमत्कार एकाएक उसकी हथेली में टपक पड़ा था।

फिर अनु ने वह सवाल किया जो हम सब पूछना चाहते थे, "*यह* कर क्या सकता है ?"

दीनू ने फुर्सत से जवाब दिया, पहले उसने अपने घुंघराले केश हिलाए जिससे उसके माथे पर घुंघराले बालों का मुकुट सा बन गया, फिर हौले से वह अपनी हथेली धूप में ले गई और इसके साथ ही मोर नन्हीं तरल बूँदों के रूप में किरणों में नाचने लगा, उसकी हथेली पर, सामने की दिवार पर, छत पर, रोशनी अजीब सी थी, लगभग भाप जैसी, जैसेकि मोर अब भी अपना पूरा रहस्य न बता रहा हो। हैरत से हम सबकी उसांस निकल गई। मैं मोर को इस कदर छूना चाहती थी कि मेरी नाभि दुखने लगी।

"यह पूरी दुनिया भर का सबसे पुराना मोर है। इसे तकिए के नीचे रख लो तो यह सपने में, गड़े खजाने भी दिखा देता है, हाँ जी !"

"मुझे दे दो"—अनु

"अपनी लाल आँख से ताला छूकर यह खुल जा सिमसिम भी कर सकता है।"

"मुझे दो !" कोरस बढ़ता जा रहा था।

मैं अपनी बहन से सट गई। यह हमारा मोर था, मेरा और दीनू का। दीनू ने कहा भी था।

"यह हमारा घर है तुम लोग तो मेहमान ही हो," अनु फुफकारा। दीनू ने मुँह बनाया, "तो क्या हुआ ? तुम्हें तो पता भी नहीं था कि यह वहाँ पर है।"

"यह हमाली छम्पत्ति है !" शुभा हाँफती हुई तुतलाई। हम लोग लड़ने की तैयारी कर रहे घुरघुराते कुत्तों की तरह दायरे में घूम रहे थे, मेरी पसलियाँ उत्तेजना से दुख रही थीं। अचानक दीनू ने मेरा हाथ थामा और दायरे को चीर कर हमारे कमरे में घुसकर उसने अन्दर से कुंडी लगा दी। माँ मौसियों के साथ खरीदारी करने गई थी। बाकी लोग धूप में बैठे थे और टिनटिन कॉमिक्स पढ़ रहे थे। हम सब सुन पा रहे थे—दुश्मनों की फौज की अगुआई करते अनु का उनके पास जाना, रिरियाती आवाज में उसका बड़ों से मदद

माँगना।

मैं फुसफसाई, "अब वो क्या करेंगे ?" दीनू ने कहा कि वह खुद भी यही सोच रही है लेकिन कोई परवाह नहीं, हम मरते दम तक लड़ेंगे। यह कहते-कहते उसने लकड़ी के वो दो रूलर निकाल लिए जो हमें हमारे उन नेवीवाले मामा ने दिए थे जो घर आते हुए हमारे लिए मिठाई खरीदना भूल गए थे और इसलिए उन्हें जो दिखा वो खरीद लाए थे। दीनू ने बताया कि मोर को छूते हुए उसे मालूम था कि वह बलिदान माँगेगा। फिर वह कुछ नहीं बोली। मैंने गम्भीरता से सिर हिलाया लेकिन अन्दर ही अन्दर मैं थक गई थी और घबराहट महसूस कर रही थी। थोड़ी देर बाद कुछ मैले-कुचैले और हाँफते हुए हम चुपके से नीचे गोठ में गये। यह एक बड़ा सा कमरा था जिसमें नानी की गायें बँधती थीं, और नौकरों के सिवा यहाँ कोई नहीं आता था। हमने मोर को तो एक संध में छिपा दिया। और यह करके अब हम उनका सामना करने को तैयार थे। हमने अपने रूलर कसकर थाम लिए।

बाहर दुश्मन बढ़े आ रहे थे।

हमने मोर्चा और अपने रूलर सँभाले।

धक-धक-धक, मेरा दिल धड़क रहा था।

"बोलो," अनु हाँफता हुआ बोला, "हमें वो दोगे कि नहीं ?"

"नहीं !"

"दे दो ऽ ऽ ऽ !"—एक नारा सा लगा

"नहीं ऽ ऽ ऽ !"

आक्रमण !

उसी क्षण, खरीदारी करनेवालों के लौट आने ने हमें बचा लिया और हम पुचकारती, हँसती, चीखती औरतों, बंडलों, सुतलियों के सैलाब में खो गए। लेकिन अन्दर, हमारे पेटों की गहराइयों में दुश्मनी काफल की गुठलियों की तरह गड़ रही थी और खाना खाने के दौरान जब भी हमारी निगाहें मिलतीं वह डकार जैसी गुर्राहटों में उभरती रही।

दोपहर कहानी सुनने का समय है, सोने का समय। दुश्मन हमसे पहले ही नानी के छपरखट पर पहुँच चुके हैं। हमारे आगमन पर एक फुसफुसाई रिरियाहट, सिर की हल्की सी जुम्बिश, नानी के कमरे में कपूर, बिल्लियों और हक्सले की विंटोजिनो बाम की गन्ध हैं। अनु उनके पास लेटा है, उनके लॉकेट को छेड़ता जिसमें हमारे स्वर्गीय नाना की तस्वीर है।

"तुम वहाँ बैठो। तुम बेटी के बच्चे हो ! हम यहाँ दादी के पास सोएँगे !" अनु पाँव से छपरखट के पैताने की तरफ इशारा करता है। शुभा हामी भरती जोर-शोर से सिर हिलाती है।

जरूरत पड़ने पर बुद्धिमान सेनापति पीछे भी हटता है। दीनू और मैं बताई गई जगह पर बैठते हैं।

"यह मोर का किस्सा कैसा है ?" नानी उबासी लेती, सुपारी चबाती पूछती हैं। उनकी मुस्कान हमसे कह रही है—अरे-वो-इन्हें दे-डालो-न-आखिर-ये-तुम्हारे-ममेरे-भाई-बहन-हैं—यह-उनका-घर-है...

"वो हमारा है।"

"नहीं ये हमारा घर है, मोर हमारा है।"

"अरी तुम इन्हें दे क्यों नहीं देतीं—जरा सी देर को दे दो न," नानी कहती हैं। उनका सुर कहता है कि हम बिना चूँ-चपड़ किए दे दें। फौरन। हमें जो भी हम कर सकते हैं, करना होगा। फिर भी...

"नहीं देंगे ! वो हमारा मोर कभी नहीं लौटाएगा।" दीनू यूँ अड़ती है कि मेरा दिल बाग़-बाग़ हो जाता है। उसकी आँखों में आँसू चमक रहे हैं। मुझे रोना आ रहा है लेकिन मुझे पता है कि नानी का या और किसी का ध्यान अपनी ओर नहीं खींचना चाहिए। छोटी बहनों को, छोटी बहन होने की वजह से हमेशा ही चिढ़ाया जा सकता है। इस समय मेरा खुलकर दीनू की तरफदारी करना न सिर्फ गद्दारी होगी बल्कि इसकी वजह से झंझट भी बढ़ेगा। मैं युद्ध को समझती हूँ; मैं पूरी कोशिश करती हूँ। हालाँकि हमें हमेशा यह बताया जाता था कि हमें अकेले कुछ नहीं करना चाहिए और उन सात भाइयों की मिसाल दी जाती थी जिन्होंने तिल का एक

दाना तक बाँटकर खाया था। हम जानते थे कि इस घर में हमें अपना खजाना बेटे के बच्चों को नहीं सौंपना चाहिए। वह हमें कभी वापस नहीं मिलेगा।

नानी एक आरोप लगाती सी नजर हम पर डालती हैं। अनु बिसूरता है। शुभा रिरियाती है।

यह युद्ध मुझे थकाने लगा है, छिपाने, न बाँटने के पापों का बोझ मेरी आँखों में आँसू ले आता है। हम क्या कभी भी अपनी चीजें अपने पास नहीं रख पाएँगे ? हम, जिनके बाबू के माँ-बाप नहीं हैं, मकान नहीं है और जिनका हमेशा तबादला होता रहता है, चीजों के खोने को खूब जानते-बूझते हैं। हर कुछ महीनों बाद हम अपने ट्रंक-बिस्तरबन्द उठाए शहर-शहर बस्ती-बस्ती फिरते हैं। अनु और उसकी बहन चाहे गर्मियों में ही यहाँ आते हैं लेकिन उनका यह घर क्या हमेशा ही नहीं रहा ? इन्तजार करता कि वे आएँ और अपनी पसन्द की चीजें उसमें सँजो लें ? वो गज़ब के तोहफे जो लोग उनके लिए लाते हैं ! कंचे, गुड़ियाएँ, पतंगें, क्लिप, रिबन। प्यार करनेवाली बुआएँ उनके लिए सब सामान अल्मारियों में ताले लगाकर रखती हैं। उनके पास टॉफी के कई डिब्बे और ड्रॉअर हैं—पत्थरों, पंखों, बांज के बीजों, चेस्टनटों और रंगीन पन्नियों से भरे। हमारे सामान तो हर तबादले के साथ छूट जाते हैं। और अब ये जादू का मोर भी ले लेना चाहते हैं।

यह एकदम ही गलत बात है।

"कोई बात नहीं मेरे लाल।" नानी अनु से कहती हैं, "हम तुम्हें और ला देंगे। उससे भी बढ़िया।"

वह हमारी तरफ देखती हैं। उनकी आँखें कहतीं हैं—दे दो ! दे दो ! दे दो ! हम उन पर प्यार-भरी मुस्कुराहट डालती हैं। हमारी आँखें कहती हैं—नहीं ! नहीं ! नहीं !

नानी की आँखें बदल जाती हैं, ठंडे सुर में वे शुरू करती हैं—"एक बार की बात है..."

अगले दिन बारिश आती है और हम घर के अन्दर ही खेलते हैं। जो खेल हम घर के अन्दर खेलते हैं वो अक्सर बड़े लोगों का

आइडिया होता है क्योंकि अगर हम अपनी पसन्द के खेल खेलें तो या तो उन्हें सिरदर्द हो जाता है या उनका काम रुकता है। जब हम बहुत शैतानी करते हैं तो मौसियों की आवाजें ऊँची होने लगती हैं और तब माँएँ अपने बच्चों को धुनने के लिए झपटती हैं। मामी के अलावा सब माँएँ अपने बच्चों को धुनती हैं। वह हमेशा धीमे, शिकायत-भरे स्वर में माँ से कहती हैं, "नहीं, नहीं, बेटियों को नहीं मारना चाहिए।" फिर भी मैं उन्हें देखकर मुस्कुरा नहीं पाती क्योंकि जब वह अपने बच्चों को धुनती हैं तो हम जानते हैं कि असल में वह हमें धुनना चाहती हैं, और इससे हमें पीड़ा होती ही है।

पहले हम कान साफ करने की रुई की फुरहरियों को पानी में भिगोकर जादू के रंगोंवाली किताब के पन्नों पर फेरते हैं—एक-एक करके रंग उभरने लगते हैं। मैं अक्सर इस काम में बड़ी तेजी दिखाती हूँ और पन्ने तर-ब-तर हो जाते हैं। मेरे ममेरे भाई-बहन अपने महँगे विलायती ब्रशों से काम लेते हैं और बेहतर नतीजे दिखाते हैं। वे हमेशा रंगों, बेहतरीन ब्रशों, रिबनों, क्लिपों और बिनाका टूथपेस्ट के डिब्बे से निकलने वाले पेपरमिण्ट से महकते चमकीले नन्हे पेंडेंट के ढेर निकालते रहते हैं। अब जब मोर की वजह से, मैं और दीनू उन्हें नहीं छू सकते, हम इन चीजों के लिए यूँ हुड़क उठते हैं जैसे पहले कभी नहीं हुड़के थे। घर में तो हमें कॉलगेट टूथपेस्ट ही इस्तेमाल करने दिया जाता है और महँगे पेन-पैंसिल और क्लिप-रिबन देखकर बाबू की त्यौरियाँ चढ़ जाती हैं। अनु और शुभा यह बात जानते हैं और बड़ी नीचता से हमें ललचाने के लिए अपनी दौलत फैलाकर, एक-दूसरे को टहोके मारते हैं।

शाम को जब सब लोग पूजा में लगे हैं, मैं और दीनू नीचे सरक जाते हैं और जादुई तावीज की तरह अपने मोर को छूते हैं। यह हमारा है। पूरा का पूरा। इसके लिए हम कोई भी कमी झेल सकते हैं। दीनू कहती है कि हम बलिदान कर रहे हैं। पहले मैं पहरे पर खड़ी होती हूँ और दीनू मोर को छूती है, बाद में, जब मैं मोर को छूती हूँ तब वह पहरा देती है।

अगली सुबह धूप निकल आती है और हम लोग बाहर आ गए हैं। अब आमने-सामने टकराव से बचने की कोई सूरत नहीं है। बाग में लड़ाई शुरू होती है। धीरे-धीरे जैसे-जैसे लड़ाई जोर पकड़ने लगती है, हमें मजा भी आने लगता है। लेकिन यह ज्यादा देर नहीं चल पाता। हमें अलग कर दिया जाता है। अब हमें बदबूदार लेई का एक डिब्बा और डंडियाँ पकड़ा दी गई हैं, हमें ब्याह के दिन के लिए रंग-बिरंगे कागजों की वन्दनवारें बनाने में नौकरों की मदद करनी है। हमें यह काम बेहद नापसन्द है लेकिन हम आज्ञाकारिता दिखाते हैं। यहाँ फिर उन लोगों ने अच्छी वाली डंडियाँ ले लीं और मुझे और दीनू को सड़ी, कुचली डंडियाँ दे दीं। नौकर उनकी तरफ हैं। वे उन्हीं के तो नौकर हैं। हम किसी से फरियाद भी नहीं कर सकते। हम बाहरी लोग हैं।

बड़े लोग खुश हैं कि हम इधर-उधर लुढ़कते नहीं फिर रहे या बाग़ में डालों पर नहीं लटके पड़े। हमारे आसपास से गुजरते हुए वे हम पर बड़ी प्यारी मुस्कुराहटें फेंकते हैं। मौसियाँ लगातार नए कपड़े पहन रही हैं और चटकती-मटकती घूम रही हैं।

''वो बेवकूफ हैं,'' अनु कहता है। बाकी सब, जिनमें हम भी शामिल हैं, हिकारत-भरी हँसी हँसते हैं। जब हम हँसते हैं तो अनु-शुभा अचानक चुप हो जाते हैं। हम उनकी हँसी तक से बाहर कर दिए गए हैं। कटार का एक और वार। हाय रे मोर !

रात को जब हम रसोई में बैठे खाना खा रहे हैं और नानी तरकारियाँ और फूली-फूली पूड़ियाँ परोस रही हैं, अनु फिर मोर का राग छेड़ देता है। वह जानता है कि वह बेटे का बेटा है, और वह सोच नहीं सकता कि इस घर में कोई उसे कुछ भी चीज देने से बहुत देर तक इनकार करेगा। गुस्से और लालच ने उसे लगातार रिरियाना सिखा दिया है। खाना खा चुकने के बाद भी वह नानी के पीछे-पीछे घूमता फिरता है, एक ऐसे सुर में रिरियाता जो नानी के सब्र को चूर-चूर कर दे। आखिर उसकी रिरियाहट रोकने के लिए नानी कुछ भी कर देने को तैयार हो गईं, कुछ भी। वे मुड़कर मुझ पर और दीनू पर नजर डालती हैं और देर तक हमें देखती रहती

हैं। अनु की सबसे बड़ी हिमायती मौसियाँ एक व्यूह रचे खड़ी हैं और हमसे मोर उसे दे देने को कह रही हैं। हमारी माँ भी वहीं हैं और हम पर नाराज़गी भरी निगाह डालने में दूसरों के साथ शामिल हो गई हैं।

सन्नाटा।

मैं कुनमुनाने लगी हूँ। मैं गला साफ करती हूँ, एक निगाह दीनू पर डालती हूँ। वह अटल खड़ी है, पर मुझे मालूम है कि वे घेरा कस रहे हैं और बस थोड़ी ही देर में मोर हमसे छिन जाएगा, आँसू मेरी पलकों में गड़ रहे हैं।

माँ सन्नाटा तोड़ती हैं। वह कहती हैं कि हम हमेशा के लिए उस कम्बख्त चीज को नहीं रख सकते। बिल्कुल नहीं। उनका चेहरा सफेद पड़ गया है, उनकी आवाज काँप रही है। नानी उनकी बात को सुधारते हुए कहती हैं कि वह खुद ध्यान रखेंगी कि सभी को उससे खेलने का मौका मिले और कोई भी उसे हमेशा के लिए न रख ले, ठीक है न ? हम अच्छी बच्चियाँ बनकर उसे ले आएँगी न ? अभी ? गोसाईंजी उसे लाने में हमारी मदद करेंगे। मौसियाँ यों कूद पड़ती हैं जैसेकि वे इसी इशारे की फिराक में रही हों और कहती हैं कि यह तो बहुत ही अजीब बात है ! और यह भी कि हम बहुत स्वार्थी और दुष्ट हैं और हमारा व्यवहार बिल्कुल भी बहनों की तरह नहीं है। अनु की माँ, घर की बहू, चुप हैं। वह नाराजगी से अपना मुँह बटुए की तरह बन्द किए हैं। उनकी चुप्पी चिपचिपाहट-भरी है और हम बेचैनी से कभी इस पैर पर और कभी उस पैर पर खड़े होते हैं।

आखिर मैं और दीनू गोसाईंजी के साथ गोठ की तरफ चल देते हैं, गोसाईंजी के हाथ में शिकारवाली बड़ी टॉर्च है जिससे वे हमें रास्ता दिखा रहे हैं। पीछे-पीछे अनु और शुभा हैं खुशी से किलकते। उनके कदम फूलों से हल्के हैं। हमारे मन-मन भर के। हम उन्हें देख तो नहीं पा रहे लेकिन हमें मालूम है कि उनकी बाँहें खिली पड़ रही हैं।

मैं पूरी रात नींद में कुनमुनाती रहती हूँ, आखिर माँ आकर

मेरे साथ सोती हैं और मेरा हाथ अपने पेट पर रख लेती हैं, उसी तरह जैसे मुझे पसन्द है। आखिर मैं हल्का सा मुस्कुराती हूँ और किसी तरह अपने सीने में एक गर्माहट सी ठूँसती हूँ ताकि मुझे नींद आ जाए।

शादी की धूमधाम खत्म हो गई। अब लोग-बाग वापस जा रहे हैं। हम भी लौट रहे हैं। नौकर दिन-भर सामान लाते-ले जाते रहे। हम सामान बाँधती माँ के आसपास मँडराते रहे। नौकर सामान पहले ही ले जा रहे थे ताकि उसे बस के ऊपर ठीक से जमा कर लली और उनकी बेटियों के लिए बढ़िया सीटें घेर ली जाएँ। अब सब लोग बड़े मीठे बन रहे थे और आँखों में आँसू तक भरे थे। हम हमारे अकेले रह जाने का इन्तजार करने लगे।

"हमें अपना मोर चाहिए।" दीनू ने माँ की आँखों में आँखें डालकर कहा, माँ यूँ सामान बाँधती रहीं जैसे उन्होंने हमारी बात न सुनी हो। आमतौर पर उनके कान चमगादड़ की तरह तेज हैं।

"वह हमारा है," मैं बोली, मैं रुक नहीं पा रही थी।

"तमाशा मत करो," माँ हमारी तरफ मुड़कर फुफकारीं, "उस चीथड़े का तमाशा बहुत हो लिया। मैं तंग आ चुकी हूँ। वह यहीं रहेगा। अब दौड़कर जाओ और सब बड़े लोगों के पैर छुओ," उन्होंने मुझे इतनी जोर से टहोका दिया कि मैं गिरते-गिरते बची, पर मैं अडिग वहीं खड़ी रही, दीनू भी।

"वह हमारा है," दीनू ने दोहराया।

"वह दीनू ने ढूँढा था, उन्होंने नहीं," मैंने जोड़ा।

"नहीं, मैंने कह दिया न, मैं तंग आ चुकी हूँ उससे।" माँ।

जैसाकि कहा जाता है, किस्सा कोताह यह रहा।

नानी खिड़की से बाहर देख रही थीं। वह सीने पर बाँहें टिकाए हमें जाते देख रही थीं, उनके होंठ कसकर बन्द थे और आँसू उनके चश्मे में अटके थे। पल-भर को हमारी निगाहें उनकी बहू की तरफ गईं जो नानी के पास ही खिड़की में खड़ी थीं। उनके अगल-बगल अनु

और शुभा त्रिपुर सुन्दरी के मन्दिर के द्वार पर खड़े शेरों की तरह खड़े थे। जब हमने मौसियों के पाँव छुए तो वे भी सीधी सामने देखती रही थीं और कुछ नहीं बोली थीं। नानी ने विदाई का टीका हमारे माथों पर लगाया और हमारी हथेलियाँ चमचमाते सिक्कों से भर दीं, लेकिन चुपचाप ही। मौसियाँ और माँ गले लगकर रोईं, फिर माँ ने उनके बच्चों को गले लगाया और अपने पाँव छुआए, फिर हम सीढ़ियों की तरफ बढ़ गए।

सबसे ऊपर की सीढ़ी पर अनु खड़ा था, उसकी मुट्ठी में मोर बन्द था। उसने हिचकिचाते हुए उसे आगे बढ़ाया, शायद इसलिए कि हम उसे छू भर लें। दीनू और मैं दूसरी तरफ देखने लगे। तब तक हमारे हाथ माँ ने थाम लिए थे। हम लोग एक साथ सीढ़ियों से उतरे और रास्ते पर आ गए, उन सबको जो ऊपर खिड़की से हमें देख रहे थे, देखकर सिर हिलाते और यह दिखाने के लिए कि हमारे मन में कोई मलाल नहीं है, मुस्कुराते।

उड़नेवाला साँप

जब तक हम उड़नेवाले साँपवाले घर में पहुँचे तब तक हमें घर बदलने की इतनी आदत हो चुकी थी कि मुझे एक तबादले को दूसरे तबादले से अलग करके याद रख पाने में बड़ी दिक्कत होती थी। लेकिन इस दफा हम नैनीताल से अल्मोड़ा कुछ ज्यादा स्थायी आधार पर आए थे।

हम हमेशा सड़क के रास्ते जाते थे। और उन भीड़-भरी बसों में बैठते थे जिन पर कुमाऊँ मोटर ओनर्स यूनियन लिमिटेड लिखा रहता था। उनमें हम ट्रकों, टिफिन कैरियरों, और चार से कुछ कम टाँगोंवाली लकड़ी की टिखटियों पर रखी सुराहियों के बीच ठुँसकर बैठ जाते। जब भी बस मोड़ काटती, टिखटी लुढ़कती या कम-से-कम करीब-करीब लुढ़कने को होती, लोग चिल्लाते और उसे थामने

के लिए हाथ या पैर बढ़ाते लेकिन अक्सर उससे पहले कुछ पानी छलक चुका होता। थोड़ी देर में फर्श गीला हो जाता, माँ को अपनी साड़ी ऊँची उठानी पड़ती और वे लगतार सड़े बिस्तरों, गीली किनारियों और मेरे बारे में बड़बड़ातीं। मुझे बस में उल्टियाँ आती थीं। सौभाग्य से दीनू को ऐसा कुछ नहीं होता था और इसलिए मुझे खिड़की के पास बैठने को मिल जाता था। यही एकमात्र रियायत थी जो मुझे मिलती थी। मुझे पहाड़ियों और सड़क के किनारे की सफेद धारियों को देखने से मना किया गया था क्योंकि उससे चक्कर आते हैं। लेकिन बड़ी अजीब बात है कि मेरी आँखें घूम-फिरकर वहीं पहुँच जातीं। और फिर मुझे उल्टी आती।

जब रास्ते के छोटे कस्बों में बस रुकती तो हम उतरकर पेपरमिंट की गोलियाँ खाते, चहलकदमी करते और सड़क के किनारे बने खोखों में पकते खाने, बीरोज़े, पेट्रोल और धूल की मिली-जुली गन्ध सूँघते। बहती नाक और गन्दे नाखूनों वाले छोटे-छोटे लड़के इष्टापरी (हमें बहुत बाद में पता चला कि दरअसल उन्हें स्ट्राबेरी कहा जाता है), काफल और किलमोड़े की नन्ही-नन्ही टोकरियाँ और अनारदाने का चूरन लिए बस के साथ-साथ दौड़ते। चूरन की गोली की पन्नी खोलने पर किसी फिल्मी सितारे की एक नन्ही सी तस्वीर निकलती। हम इस तस्वीर को रोशनी की तरफ करके हींग और जीरे की गन्धवाले चिपचिपे चूरन से ढके चेहरे-मोहरे को पहचानने की कोशिश करते थे।

अर्से तक ऐसा होता था कि जब भी मैं फिल्मी सितारों की तस्वीरें देखती मुझे चूरन की गन्ध आती।

यूँ हम उस घर में पहुँचे जिसके सीढ़ीदार बगीचे में बाल सुखाते खड़ी माँ को उड़नेवाला साँप दिखना है, मैं अब भी हाथ हिला-हिलाकर अपने सिर पर से गुजरकर पेड़ों के बीच गुम होते साँप का बखान करती उनकी लम्बी, छरहरी आकृति को देख पाती हूँ।

"वह जरूर पद्मनाग होगा," बूढ़ा माली माँ को बताता है। वह हमें बताती हैं कि वह अचानक ही उनके सिर के ऊपर से उड़ा,

"श्यांट्ट !" और शायद उसकी पीठ पर बाल-से भी थे। हम, जैसाकि हमें करना ही चाहिए, सिहरते हैं। बूढ़ा माली नाटकीय ढंग से हाथ जोड़कर माथे से सटाता है और माँ की ओर उँगली हिला-हिलाकर कहता है, "हहो, वह बालोंवाला साँप कम-से-कम सौ वर्ष का रहा होगा, वो तो तुम्हारी किस्मत अच्छी ठैरी कि तुम बच गए।" इससे माँ को लगता है कि वह बहुत महत्त्वपूर्ण हो उठी हैं और नानी के यहाँ, और फिर रात को हमारे अपने घर में रात को खाना खाते हुए वह उसी की बातें करती चली जाती हैं।

हर दोपहर को जब बाबू अपने दफ्तर में होते हैं, माँ हमें लेकर नानी के यहाँ चली जाती हैं। चाय के समय तक हम घर लौट आते हैं और दिन ढले तक बाहर खेलते रहते हैं। नानी माँ से कहती हैं कि वह हमें झाड़ियों में न भटकने दें और रात को पूरी सावधानी से, सब दरवाजे बन्द रखा करें। पर माँ की बात सुनते हुए बाबू कुछ अविश्वास से देखते हैं। उनके जबड़े कस जाते हैं। हो सकता है कि वह उनसे नाराज़ हों। हमारे माँ-बाबू के झगड़े मुझे बस दिखने ही लगे हैं। वे ऐसा खौफ़नाक डर और दुख पैदा करते हैं कि मेरा कलेजा पथरा जाता है। रात को मैं जगे रहने की बड़ी कोशिश करती हूँ ताकि मैं खुद देख सकूँ कि बच्चों के बिस्तर में चले जाने के बाद बड़े लोगों के अपने माँवाले और बाबूवाले चेहरे हटा देने की बात सच है या नहीं। लेकिन मैं हमेशा ही सो जाती हूँ।

एक रात मैं अपनी खिड़की के बाहर किसी बच्चे के रोने जैसी आवाज सुनकर जाग जाती हूँ। मैं माँ को आवाज देती हूँ। माँ मुझे अपने बिस्तर में सुला लेती हैं और बाद में कहती हैं कि वह जरूर असगुनी फ्यूँ चिड़िया रही होगी और आगे से मैं कभी उसकी आवाज न सुनूँ क्योंकि वह अशुभ शकुन है। क्या बात है ! मैं तो यूँ ही, जब से माँ ने उड़नेवाले साँप की बात बताई है, रहस्यों और शकुनों के अलावा और कुछ सोचती ही नहीं। अक्सर जब कोई नहीं देख रहा होता तब मैं असगुन के निशान, टेढ़ी-मेढ़ी हड्डियाँ, नाखून, सिन्दूर ढूँढ़ती फिरती हूँ : मैं जादू-टोने और विचित्र अनुष्ठानों की टोह में पत्थरों और लकड़ी के लट्ठों के नीचे झाँकती हूँ।

हमारा नया घर खूब बड़ा, अकेला सा है और इसके चारों तरफ देवदार के बड़े-बड़े पेड़ खड़े हैं। रात-भर हवा चलती है, पेड़ों से साँय-साँय की आवाज आती है, और अगर आप कसकर आँखें बन्द कर लें तो, ऐसा लगता है कि मकान एक विराट लट्टू की तरह घूमने लगा है। यह ऐसा घर है जिसमें भूत और फ्यूँ चिड़ियाएँ और बालोंवाले उड़ते सफेद नाग तो होंगे ही। दीनू के और मेरे लिए आत्माओं, साँपों और असगुनी चिड़ियाओं का होना जरूरी था। हम उनके बारे में बात करते कभी नहीं अघाते, हमारे ममेरे भाई-बहन शानदार फर्नीचर या गुड़ियाओं या नए रिबन की शान बघारते हैं। इस पर हम कहते हैं कि फिर क्या हुआ, फर्नीचर, आँखें झपकानेवाली गुड़ियाएँ और रिबन तो सभी के यहाँ होते हैं, किसी के भी पास हो सकते हैं। लेकिन उड़नेवाला साँप और असगुनी चिड़िया तो सिर्फ हमारे ही कम्पाउंड में हैं। इसका जवाब उनसे नहीं बन पड़ता।

हम इन डरावनी बातों को किसी काले मोती की तरह सँजोकर रखते हैं। माँ उसे और सजाती हैं। वह कहती हैं कि उस प्राचीन सफेद साँप का होना किसी गड़े खजाने की निशानी भी हो सकती है। वह यह भी कहती हैं कि फ्यूँ चिड़िया बड़ी दुर्लभ है और उसकी पुकार किसी आनेवाली छोटी-मोटी बुरी खबर की पूर्व चेतावनी है। मुझे लगता है कि मैं बहुत महत्वपूर्ण हूँ क्योंकि उसकी पुकार सबसे पहले मैंने ही सुनी थी। बेकरारी से मैं बुरी खबर का इंतजार करती हूँ।

फ्यूँ का शकुन ठीक ही साबित हुआ।

एक दोपहर जब हम नानी के यहाँ पहुँचते हैं तो बुरी खबर हमारा इन्तजार कर रही है। पड़ोस की एक मौसी गर्मियों में अपने बच्चों के साथ पहाड़ आई हुई थीं, मोटर रोड पर उन्हें एक बस ने टक्कर मार दी और उनका कूल्हा टूट गया। हमें बताया गया कि जिबह की गई बकरी की तरह उनका खून बहा और अब वे पलस्तर में लिपटी अस्पताल में पड़ी हैं। हम इस त्रासदी को फ्यूँ चिड़िया की पुकार से जोड़ रहे हैं कि किसी को याद आता है कि इसी मौसी की रिश्ते की एक कलजिब्भी ननद ने झगड़े के बाद मौसी

को कोसते हुए कहा था कि राम करे वह अपनी आँखों से मौसी के मटकते कूल्हे टूटे देखे।

अगले कई दिनों तक एक्सिडेंट गर्मागर्म खबर बना रहता है। सिर्फ बाबू खराब ड्राइवरों और लापरवाही से सड़क पार करनेवालों की बात करते हैं और हमें नानी के यहाँ जाते हुए सावधानी बरतने की हिदायत देते हैं। पर यह उबा देनेवाली बातें हैं। हमें ज्यादातर कलजिब्भी रिश्तेदार याद रहती है और याद रहते हैं वह शाप जो अपंग, विरूप कर सकते हैं, यहाँ तक कि किसी को पागल भी कर सकते हैं और मार भी सकते हैं। हम उस रिश्तेदार को जिसकी बद्दुआ से यह आफत आई, एक सम्मान के भाव से देखने लगे हैं। झगड़ालू सी, तीखी आवाजवाली यह औरत जिसके दर्जन भर बच्चे हैं, पड़ोस में ही रहती है। अक्सर वह एक ही धोती पहने बड़े-बड़े बर्तनों में खाना पकाती मिलती है। ज्यादातर घरों में, नानी के घर में भी, खाना ऐसे ही पकाया जाता है। अनु हमें बताता है कि उसने किसी को यह कहते सुना है कि इस रिश्तेदार की छातियाँ उसके घुटनों तक पहुँचती हैं और जब उसके बेटे-बच्चों में से कोई दूध माँगता है तो वह एक छाती यूँ अपने कन्धे पर से पीछे फेंक देती है जैसे कोई साड़ी का पल्लू फेंकता है। उसकी एक कानी बेटी भी है जिसकी आँख सोडावाटर की बोतल फूटने से फूट गई थी। यह लड़की हमारी भयानक उत्सुकता से अपना चेहरा बचाती बाकी बच्चों से कुछ अलग हटकर बैठी रहती है।

ऐसा माना जाता है कि काने लोग दुर्भाग्य लाते हैं। बरसात के दिनों में जब झड़ी कई दिन तक नहीं रुकती, हम सात कानों के नाम बुदबुदाते, एक डोरी में सात गाँठें लगाते हैं। गाँठें लग जाने पर हम उनके नाम जोर-जोर से लेते हुए डोरी को सात बार जूतों से पीटते हैं। फिर इस डोरी को किसी ऐसी जगह पर लटका दिया जाता है जहाँ बारिश के पानी की धार लगातार गिरती हो। इन सात कानों में कलजिब्भी रिश्तेदार की बेटी भी शामिल है।

यह हो ही नहीं सकता कि वह इस अनुष्ठान और अपने नाम के उससे जुड़े होने को न जानती हो।

मैं इस एक आँखवाली लड़की की तरफ वैसे ही खिंचती हूँ जैसे कि उड़नेवाले साँपों और अनिष्टकारी चिड़ियों की तरफ। अक्सर जब मैं अकेली होती हूँ तो मैं एक आँख बन्द करके कानी बन जाती हूँ। मैं भी उसकी तरह अकेली और खास होना चाहती हूँ, अकड़ी सी बाँहें लिए बैठी, उँगलियाँ यूँ मुड़ी हुई जैसे पंजे हों। पर मैं वह नहीं हूँ। इसलिए आखिर मुझे लड़ना और नाटक करना पड़ता है। कभी-कभी मैं लोगों का ध्यान खींच पाती हूँ, कभी-कभी भी खींच पाती। अगर कोई भी मेरी तरफ ध्यान नहीं देनेवाला तो मैं माँ और दीनू के, नानी के भीड़ और शोर से भरे घर चले जाने के बाद बड़े-बड़े, खाली कमरों में गन्दी-सन्दी बनी, बिखरे बाल लिए, छायाओं के साथ नाचती, अकेली, तैरती फिरना चाहती हूँ। मैं कागज पर साँप और चिड़िया बना लूँगी और हम तीनों हूऽ हूऽऽ करते घर में डोलते घूमेंगे।

मुझे पीछे छूट जाना अच्छा लगता है।

जैसे ही माँ और दीनू कोने से मुड़ते हैं, मैं भागी हुई अन्दर चली आती हूँ। मुझे पता है कि घर अब पूरा का पूरा मेरा है। अब मैं गा सकती हूँ, मैं हँस सकती हूँ, शीशा देखती हुई तरह-तरह के मुँह बना सकती हूँ और बगीचे में खोदकर कीड़े निकाल सकती हूँ। और बाबू जब दोपहर का खाना खाने घर आएँगे तो वह भी सिर्फ मेरे होंगे। जब वह खाना खा रहे होंगे तो मैं उनका दिल बहलाने के लिए किस्से सुना सकती हूँ और वह उत्तेजना में मुझसे गिर गए खाने को नजरन्दाज करते हुए खुशमिजाजी से सिर हिलाएँगे।

लेकिन पीछे छूट जाना आसान नहीं है। अक्सर मैं बहस में हारकर चिड़चिड़ी, झगड़ने को तैयार दिखती नानी के यहाँ पहुँच जाती हूँ। वहाँ अक्सर मुझे लगता है कि मैं झुंड के बाहर रह गई हूँ। दीनू की, हमारे ममेरे भाई-बहन और मौसियों से भी अच्छी पटरी बैठती है। वह खुशमिजाज, खुले दिल की और आज्ञाकारिणी है। मुझे हर कोई लगातार बताता रहता है कि उसकी तुलना में, मैं कितनी जिद्दी हूँ। रिबन मेरी चोटियों से फिसल जाते हैं, प्याले-प्लेटें मेरे हाथों से सरक जाते हैं, मेरे कपड़े गन्दे हो जाते हैं, मेरे चेहरे

पर हमेशा धब्बे रहते हैं। मैं हमेशा बेमौके बोलती हूँ और जब मेरे बाल बनाए जाते हैं तो मैं कसमसाती और चीखती हूँ। अपनी लम्बी चोटियों से मुझे नफरत है, मैं तो अनु जैसे, काँटे से बाल रखना चाहती हूँ। एक दिन मैं नानी की नाराजगी जुटा ही लेती हूँ।

माँ उसाँस लेकर कहती हैं कि यह सब इस वजह से है कि मैं मूल नक्षत्र में जन्मी हूँ जिसके जातक खौंखियाए बाघ ही होते हैं। मैं हर किसी को खिझाती हूँ। एक मौसी मुझे मुरी कहती हैं—छोटा सा भुनभुनाते रहनेवाला मच्छर। यह नाम मुझ से चिपक ही जाता है।

अगर आप मस्तमौला टाइप के हों तो नानी का घर बहुत बड़ा है, लेकिन रहस्यों और मूल नक्षत्र में जन्मे खौंखियाए बाघों के लिए उसमें बहुत कम जगह है। जैसे ही आप लाइब्रेरी की ऊँची अल्मारियों में भरी किताबों को ताकते अकेले बैठे कि कोई-न-कोई आकर आपका बुखार जाँचेगा, या बाकी सब ठीक-ठाक बच्चों की तरह धूप में खेलने बाहर भेज देगा। जब बाकी लोग माँ से मेरी शिकायत करते हैं तो वह उसाँस भरती हैं।

आजकल माँ बहुत आराम करती हैं। मौसियाँ कहती हैं कि मैं उन्हें तंग न करूँ क्योंकि उन्हें कमजोरी है। मैं खुद को बताती हूँ कि मुझे अपराधी सा महसूस नहीं करना चाहिए। क्यों नहीं ? मौसियाँ कहती हैं, "अपराधी सा महसूस करने में क्या बुराई है ? अगर आप अपराधी हैं तो अपराधी सा महसूस तो करना ही चाहिए।" मौसियाँ खूब व्रत-उपवास करती हैं और शाम को भजन गाती हैं। मुझे भजन तो अच्छे लगते हैं पर मैं उपवास नहीं करती और इसलिए उपवास करनेवालों के लिए के लिए नानी के चौके में पकनेवाला खास फलाहारी भोजन भी मुझे नहीं मिलता। दीनू ने कभी-कभी उपवास करना शुरू कर दिया है और उसे फलाहारी भोजन मिलता है। अनु उपवास नहीं करता पर उसे सब खास भोजन सिर्फ इसलिए दिए जाते हैं कि वह बेटे का बेटा है। मैं बेटी की बेटी हूँ। खास चीजें पाने के लिए मुझे उपवास करना पड़ेगा। मैं उपवास नहीं करती क्योंकि मैं उपवास कर नहीं सकती। मैं माँ को यह

बताती हूँ तो वह कहती हैं कि ठीक है। मैं जानती हूँ माँ का ध्यान मुझ पर नहीं है। वह यह समझने की इच्छुक नहीं हैं कि दरअसल मैं कहना क्या चाहती हूँ। मैं बेहद अकेला महसूस करती हूँ।

हरीश मास्साब के आने से अचानक मेरी उदासी दूर हो जाती है। दुबले-पतले, साँवले, खुशमिजाज मास्साब को घर के बच्चों को पढ़ाने के लिए रखा गया है। उनके साथ पढ़ने के लिए दीनू और अनु बहुत बड़े हैं और शुभा और मैं बहुत छोटे हैं, लेकिन हम सब साथ-साथ बैठते हैं। कक्षाएँ कुछ अनियमित लेकिन बहुत मजेदार होती हैं। इसकी वजह सिर्फ यही नहीं है कि हम बाकायदा स्कूल जाने के बजाय 'जैसा है, जहाँ है' के आधार पर एक हँसोड़ किशोर द्वारा पढ़ाए जा रहे हैं, बल्कि खुद हमें भी घंटे-भर एक जगह टिककर बैठने या 'गृहकार्य' नामक चीज करने की खास समझ नहीं है। मैं पाती हूँ कि मुझे यह गृहकार्य, जिसका मतलब चिड़चिड़ाते बड़े लोगों के कहने पर लगातार चीजें इधर-से-उधर लाना, ले जाना नहीं है, बहुत अच्छा लगता है। मैं हमेशा अपने ज्ञान का प्रदर्शन करती रहती हूँ। अचानक, नानी के यहाँ जीवन ऐसा बुरा नहीं रह गया। सुबह हम लिखने का काम करते हैं। मास्साब के आने की खबर पाकर हम एक नन्ही सेना की तरह सीढ़ियों से उतरकर धूप से भरे आँगन में आ जाते हैं, जहाँ घुँघराले बालों और हँसती शहद जैसी आँखों वाले मास्साब बैठते हैं। मुझे डर लगता है कि दरवाजा ठक से मेरी खोपड़ी पर लगेगा। इसलिए, मैं चाहे आखिर में आऊँ, फिर भी, मैं दरवाजा खुला छोड़ देती हूँ। यह ख्याल आते ही कि मेरे गृहकार्य की तारीफ होगी, मेरी पीठ थपथपाई जाएगी, मैं उत्साह से भर उठती हूँ। अक्सर मैं ऐसी तेजी से बाहर आती हूँ कि फिसलकर लुढ़क पड़ती हूँ।

सीढ़ियाँ एक छोटे से आँगन में उतरती हैं जहाँ पानी से भरा टिन का एक बड़ा सा टब और पीतल के कई लोटे पाँव धोने के लिए रखे रहते हैं। बाईं तरफ किताबों और पुरानी पत्रिकाओं से अटा एक गलियारा है जो लाइब्रेरी में खुलता है। घर का यह हिस्सा नम अखबारी कागज, सिगरेट और कैमे साबुन से महकता है। सीढ़ी

पर हर कदम एक अलग सुर में चरमराता है। मैं सुरों को याद रखने की कोशिश करती हूँ लेकिन बड़े बच्चे 'चलो ! चलो !' कहते हमेशा मुझे पीछे से धकेलते रहते हैं। जब हम बाग से सटे दालान में पहुँचते हैं तो गन्ध बदल जाती है ! यहाँ कोमल नई घास और आसपास बिखरे जाई के नन्हे पीले फूलों की गन्ध आती है।

मास्साब हमें अर्जियाँ लिखना सिखाते हैं जिनमें निम्नलिखित कारणों से विद्यालय से अनुपस्थित रहने की आज्ञा देने का विनम्र निवेदन किया जाता है। 'निम्नलिखित कारण' हमारी कल्पना को जाग्रत करते हैं और हम सिरदर्द से, खाज से, दस्त (परम प्रिय) तक के रोगों के चित्र बना देते हैं।

कभी-कभी हम नीचे की व्यस्त मोटर सड़क के ऊपर टँगी दालान की पत्थर की मुँडेर पर जाकर बैठ जाती हैं। बीच-बीच में स्कूल जाती लड़कियों की कतारें गुजरती हैं। वे जोड़ियों में, खिलखिलाती, कसमसाती चलती हैं, उनकी तेलचुपड़ी चोटियाँ कुंडली मारे साँपों की तरह ऊपर बँधी रहती हैं। सब गर्दनें निकालकर इस छोटे से काफिले को ताकते हैं, खासकर मर्द और लड़के, और वे 'पढ़ने लिखने के सुपने लेती' लड़कियों के बारे में फ़ब्तियाँ कसते हैं। अक्सर इन फब्तियों की गूँज घर में भी सुनाई देती है, खासकर हरीश मास्साब के अनु और दीनू का ध्यान बँटते रहने की शिकायत के बाद, या जब उन्होंने छोटी लड़कियों के मन लगाकर पढ़ने बैठने की तारीफ की हो। मौसियाँ मुस्कुराती हैं और 'लड़के तो लड़के ही ठहरे और लड़कियों को आखिर रोटियाँ बेलने और दालभात उबालने भर की अक्कल की ही जरूरत पड़नेवाली हुई,' जैसा कुछ कहती हैं। कभी-कभी वे मद्धम सुर में छोटी-छोटी खोपड़ियों के बखत से पहले गुमान के मारे खराब होने जैसी चेतावनियाँ देती हैं। मैं परवाह नहीं करती। मैं पढ़ सकती हूँ, इसी से मेरा होना साबित होता है।

शाम के झुटपुटे में, मोटर रोड के रास्ते, नानी के घर से आते हुए मैं और दीनू देशभक्ति की वे कविताएँ दोहरा रहे हैं जो मास्साब ने हमें जुबानी याद करने को कही हैं। हमारी तीखी आवाजों के

बीच-बीच नीचे घाटी में चलती पनचक्की की पुक् पुक् पुक् आवाज आती है। जल्दी ही मुझ पर शब्दों का नशा चढ़ने लगता है, मैं पंक्तियों को मनमाने ढंग से बदलती हूँ और आखिर होता यह है कि जो कविता मैं गा रही हूँ, उसका मूल कविता से साम्य बस छन्द की दृष्टि से बचता है। इस बात से दीनू इतना खीझती है कि वह मुझसे अलग चलने लगती है। मैं हाथ हिला-हिलाकर कविता गाती रहती हूँ। जब कोई हमारे पास से गुजरता है तो मैं अस्पष्ट सा गुनगुनाने लगती हूँ। कभी-कभी जब माँ का मूड अच्छा होता है, वे हमें रबीन्द्र संगीत गाकर सुनाती हैं, जब उनका मूड अच्छा नहीं होता तो वे खीझकर मुझे ज्यादा शोर न मचाने की हिदायत देती हैं। मैं उन्हें प्यार करती हूँ, लेकिन जब वे चिड़चिड़ाती हैं तो मैं खुद को उनसे काट लेती हूँ। वे कहती हैं कि उन्हें यह घर अच्छा नहीं लगता, यह बहुत अँधेरा-सीला है और यहाँ बहुत झाड़-झंखाड़ हैं। शायद वे साँप से डर गई हैं, या शायद फ्यूँ चिड़िया से; हालाँकि एक बार के बाद वे दोबारा कभी नहीं दिखे हैं।

रात को मैं और दीनू नानी के घर से सबकी आँख बचाकर लाई सिगरेट की पन्नियों से शराब के प्याले बनाते हैं। बाबू सिगरेट-शराब नहीं पीते लेकिन उन्होंने हमें यह जाम बनाने सिखाए हैं। जब जाम तैयार हो जाते हैं तो हम उनके निचले हिस्से पर थूक लगाकर उन्हें लकड़ी की दीवारों पर चिपका देते हैं और वे खूब देर तक चिपके रहते हैं। बाबू हमें अकबर और बीरबल की कहानियाँ सुनाते हैं। वे अक्सर चुटकुलों को गड़बड़ा देते हैं और कहानियों का अन्त भूल जाते हैं। लेकिन इसकी कमी वे उस धींगामुश्ती से पूरी कर देते हैं जिसमें हमें बहुत मजा आता है। जब मैं और दीनू बहुत हँसते हैं तो माँ नाराज हो जाती हैं और कहती हैं कि बहुत हँसने के बाद, बहुत रोना पड़ता है, लड़कियों का अति का हँसना ठीक नहीं होता, वे खीझी सी कहती हैं। दीनू और मैं अपनी रजाइयों में घुसे खिलखिलाते हैं और फिर बदकिस्मती को दूर रखने के लिए अपने गालों पर झूठमूठ के थूक के आँसू लगाते हैं।

हमारे घर के पिछवाड़े, चीड़ के जंगल की ढलान में

जगह-जगह काट दिए गए पेड़ों की निशानी से पेड़ों के कटे ठूँठ हैं, वहाँ ढेरों फिसलन भरा 'पिरुल' (चीड़ की पत्तियाँ) है, फिसलने के लिए एकदम बढ़िया, लेकिन इन पर बैठकर फिसला नहीं जा सकता। इन पत्तियों के तीखे सिरे सूती जाँघियों को भेदकर नर्म सुइयों की तरह चुभते हैं। चीड़ की हरी पत्तियों के छोर खट्टे-खट्टे होते हैं जिन्हें चूसने से जीभ पर स्वाद के छोटे-छोटे लच्छे से उभरते हैं। कहीं-कहीं घिंगाँरु, हिसालू, किलमोड़े की बेरियों की झाड़ियाँ हैं। हमें उनके देसी नाम ही मालूम हैं। बरसों बाद जब हम अंग्रेजी की किताबें पढ़ते हैं तो हमें लगता है कि हम अपने दोस्तों से कहीं आगे हैं क्योंकि हमने यह अद्‌भुत बेरियाँ चखी हैं जिन्हें अंग्रेज बच्चे भी खाते हैं। फिलहाल तो हम उन्हें बिना धोए यूँ ही खा जाते हैं। अभी हमारी माँ को उनकी मिठाइयाँ और मुरब्बे बनाने नहीं आते। बाद में, जब बाबू कनाडा जाते हैं और माँ किसी का खून खौलाए बगैर फलों के मुरब्बे वगैरह बनाना सीखने जा सकती हैं, वे यह सीखती हैं। लेकिन अभी तो हम लंगूर-भालू के बच्चों की तरह, बेरियाँ डाल से तोड़कर टप से मुँह में धर लेते हैं।

माँ यहाँ बहुत नहीं आतीं। वे कहती हैं कि वे चीड़ की सूखी पत्तियों पर फिसलना नहीं चाहतीं। हमने नानी को कहते सुना है कि उनको बिल्कुल भी फिसलना नहीं चाहिए, न ही ऐसी बुरी चीजें देखनी चाहिए जो उन्हें डरा दें। अच्छी-भली तगड़ी माँ की यह कमजोरी हमारे लिए रहस्य ही है।

कभी-कभी झाड़ियों के पास हमें सूखी लेंडियाँ मिलती हैं। दीनू कहती है कि यह भालू की लेंडियाँ हैं। कहते हैं कि इस इलाके में भालू अक्सर चिलगोजों की तलाश में आते हैं, खासकर सर्दियों में। ऐसा कहते हैं कि भालू लड़कियों की, खासकर सुन्दर लड़कियों की, नाक नोच लेते हैं। कुकुर बाघ कहे जाने वाले छोटे-छोटे बाघ भी इस इलाके में घूमते कहे जाते हैं। इसलिए घरेलू कुत्तों की गर्दन के पट्टों पर कीलें जड़ी रहती हैं। हम चूने सी सफेद लेंडियों में डंडी घुसेड़कर यह जाँचते हैं कि वह भालू की लेंडियाँ हैं या बाघ की। लेकिन हमें कुछ कीड़े और कुछ बड़ी मक्खियाँ ही मिल पाती

हैं। फिर भी टट्टी हमें आकर्षित करती है। दीनू और मैं, अक्सर एक साथ पाखाने जाते हैं, खासकर रात को, जब कहते हैं कि भूत वहाँ मँडराते होते हैं।

एक दिन दीनू के पेट से एक लम्बा सा टेपवर्म निकलता है। बाद में, जब हम नानी के घर जाते हैं, एक बूढ़ी औरत को बुलवाया जाता है जो धूनी की राख से कीड़ों से छुटकारा दिला देती है। वह दीनू की नाभि पर चुटकी भर राख रखकर कुछ मन्त्र सा बुदबुदाती है। माँ कहती हैं कि इससे दीनू के पेट के दुष्ट कीड़े मर जाएँगे और अब खाना-पीना उसके तन को लगेगा और उसके गाल गुलाबी हो जाएँगे। दीनू के पेट के कीड़े की खूब चर्चा रही।

अनु, जो लड़कियों से कभी नहीं हार सकता, जाई की झाड़ियों के पीछे अपने पेशाब की धार से धूल में हिन्दी वर्णमाला के अक्षर लिखकर टेपवर्म के रहस्य को चुनौती देता है। मैं पछाड़ दी गई सी महसूस करती हूँ, हिन्दी वर्णमाला तो मुझे भी आती है लेकिन न तो दीनू, न शुभा और न मैं ही ऐसा कर सकते हैं। फिर भी दीनू के पास कम-से-कम टेपवर्म तो है। वह मुझे दिलासा देती है, "कोई बात नहीं, अगली बार मैं अपना कीड़ा तुझे छूने दूँगी, फिर तेरे पेट में भी कीड़े हो जाएँगे।"

क्या कोई कीड़े ऐसे भी होते होंगे जो साँपों की तरह उड़ते हों, मैं माँ से पूछती हूँ। माँ इतना हँसती हैं कि उनकी आँखों में आँसू आ जाते हैं।

फिर जाड़ा आ जाता है। कस्बे में बर्फ कभी ही गिरती है लेकिन बेहद ठंड है। पानी के गड्ढों के ऊपर बर्फ जम जाती है और नलों से टपकता पानी रात में बर्फ की तलवारों में बदला जाता है। जैसे ही सूरज चमकता है, तलवारें गँदले पानी के छींटे बन जाती हैं। लोग कहते हैं कि अब भालू और साँप अपनी खोहों और बाँबियों में सो गए हैं। यूँ भी अब इतनी ठंड हो चुकी है कि झाड़ियों में खोज अभियान पर नहीं निकला जा सकता।

सूरज ढलते ही सब बदल जाता है। पेड़ अँधेरी आकृतियाँ

बन जाते हैं और आवाजें भयावनी सी हो जाती हैं। टिन की छत अजीब आवाजें निकालने लगती है जैसेकि ऊपर कोई चल रहा हो। टिमटिमाती हरी रोशनियाँ, टोला, दिखने लगी हैं। मैं उड़नेवाले साँप के बारे में सोचती, दीनू के साथ लेटी, काँप रही हूँ। नानी के यहाँ हमने सुना हुआ है कि टोला अनब्याहे मरे जवान लड़के-लड़कियों की आत्माएँ हैं जो दलदलों में घूमती फिरती हैं। मुझे बिल्कुल समझ नहीं आता कि किसी दिन अगर हमें अपनी खिड़की के बाहर टोला या उड़नेवाला साँप दिखे तो हम क्या करेंगे।

मैं दीनू को बताती हूँ कि मुझे खुरखुराने जैसी अजीब आवाजें सुनाई देती हैं जैसे कुछ अन्दर आना चाह रहा हो।

नहीं, यह कुछ नहीं है।

हाँ, है। मेरी आवाज रिरियाहट की तरह निकलती है, मेरे नाखून मेरी खाल में गड़ रहे हैं। मुझे पेशाब आ रहा है लेकिन मेरी हिम्मत आँखें खोल पाने तक की नहीं है। आखिर आँखें मूँदे-मूँदे ही मैं और दीनू उठते हैं और अन्धे भिखारियों की तरह एक दूसरे के हाथ थामे पाखाने को जाते हैं। फिर, आखिर नींद आ ही जाती है, और सुबह के सूरज की रोशनी में हमारे डर बर्फ की तलवारों की तरह गल जाते हैं।

अक्सर इतनी ठंड रहती है कि बाहर जाकर खेला नहीं जा सकता, इसलिए हम चीड़ के फल (छ्यूंति), चेस्टनट और अभ्रकी पत्थर जमा करते हैं। हमें हरदम भूख लगती है और सदा ठंडे रहनेवाले कमरों को तपाने के लिए रखी सिगड़ी में, माँ हमारे लिए आलू, शकरकन्द भूनती हैं। हम हबड़-हबड़ करते इन्हें खाते हैं और अपनी जीभें जला लेते हैं। कभी-कभी मैं और दीनू बेदिली से लड़ते हैं क्योंकि हमारे पास करने को इससे बेहतर कुछ नहीं है। हम एक-दूसरे को बकोटते और लतियाते हैं लेकिन यह सब हम बहुत चुपचाप करते हैं और माँ-बाबू से एक-दूसरे की शिकायत बिल्कुल नहीं करते, कभी-कभी मौसियाँ नानी की भेजी खाने-पीने की चीजें लेकर आ जाती हैं। उनके आने से हँसी-खुशी फैल जाती है। हम उन्हें कोनेवाले झरने तक विदा करने जाते हैं और देर तक हाथ

हिलाते उन्हें बिदा देते रहते हैं। एक दिन वे आकर सामान बाँधने में माँ की मदद करती हैं, माँ कहती हैं कि अब कुछ हफ्ते हम नानी के यहाँ ही रहेंगे।

हम नानी के यहाँ आ गए हैं। इस बार जाड़ों में वे मामा के यहाँ नहीं गईं। "तुम्हारी माँ की वजह से," इससे ज्यादा नानी कुछ नहीं बतातीं।

हम वहाँ कितने दिन रहे ? पता नहीं। मुझे बस इतना याद है कि जब हम नानी के यहाँ रह रहे थे तब एक रात हमारी छोटी बहन आई। मुझे याद है कि एक मामा ने अचानक मुझे जगाया, वे हँसते हुए मेरे मुँह में मिठाई ठूँस रहे थे। मैंने किसी तरह मिठाई निगली और फिर रोने लगी क्योंकि मैं समझ नहीं पा रही थी कि मैं कहाँ हूँ या क्या हो रहा है। कोई हाथ थामकर मुझे मेरी बहन दिखाने ले गया लेकिन तब तक मैं इस बुरी तरह रो रही थी कि मुझे वापस लाकर सुला दिया गया।

नींद की गहराई में डूबते हुए कुछ फुसफसाहटें मेरा पीछा करती हैं। यह गुमनाम सी फुसफुसाहटें कराहों जैसी हैं।

बहुत बाद में, जब मैं बड़ी हो गई तब माँ ने मुझे बताया था कि उस रात वे रोती-रोती सो गई थीं क्योंकि उनकी तीसरी बेटी हो गई थी। नानी के दुख में अपराध बोध भी मिला था क्योंकि उनकी बेटी की यह तीसरी बेटी उन्हीं के घर में जन्मी थी। काश एक बेटा ही हो जाता ताकि उनकी बेटी की जान बच्चे पैदा करने से छूट जाती। वे बार-बार दोहराती हैं कि शकुन तो शुरू से ही साफ थे। उनकी बेटी गुलाबी दिखती थी, उसे हरदम अचार खाना होता था और नींद आती रहती थी : ये सबके सब बेटी जन्मने के लक्षण हुए। 'मेरी मति मारी गई थी, मुझे पता क्यों नहीं चला ?' वे गुहार लगाती सी हीरादी से कहती हैं।

"उड़नेवाला साँप ही यह दुर्भाग्य लाया," बाद में कभी हीरा दी उसाँस लेकर कहती हैं, "और क्या हो सकता था भला ?"

अब्दुल्ला

"तुम्हारी ममानी का तो काम तमाम हुआ समझो," अब्दुल्ला मुझे बताता है ! "मेरी अम्मा को भी टी.बी. थी और वो मरकर अल्लाह के यहाँ चली गईं। तुम्हारी ममानी भगवानजी के यहाँ जाएँगी क्योंकि तुम हिन्दू हो," कुछ सोचकर वह कहता है।

हमारा फिर से तबादला हो गया है। यह मुसलमानी नामवाला एक मैदानी कस्बा है। यहाँ हम एक मिशनरी स्कूल में जाने लगे जहाँ मुझे अब्दुल्ला मिला। अब्दुल्ला मुझे मुसलमानों, टी.बी. और सौतेली माँओं के बारे में बताता है। अपनी सौतेली माँ को वह डायन कहता है क्योंकि वह गन्दी है, उसके कपड़े और बाल बिखरे-बिखरे से रहते हैं और वह हमेशा दूसरों को कोसती रहती है, या फिर वह घंटों सुबकती है। वह कहता है कि उसकी डायन सौतेली माँ की

नफरत का कोई ओर-छोर नहीं है। वह बराबर अब्दुल्ला में मीन-मेख निकालती रहती है। वह घर छोड़कर भाग जाना चाहता है। पर कैसे भागे ? भागने के लिए मौका चाहिए। वह घर से जाने से पहले अपनी सौतेली माँ को मार डालना चाहता है। इस काम के लिए अब्दुल्ला ने पक्का प्लान बना रखा है। वह जगह-जगह जूठे-गन्दे बर्तन छोड़ेगा। बर्तन देखकर पहले वह परेशान होगी, फिर पलक झपकते ही वह जान जाएगी कि वह उससे कितनी नफरत करता है। फिर वह अब्दुल्ला पर टूट पड़ेगी, बस इसी दम वह गोश्त काटनेवाले छुरे से उसकी तिक्काबोटी कर देगा। प्लान सीधा-सादा लेकिन जबर्दस्त है। वह कहता है कि डायन उसके अब्बा को इसलिए नापसन्द करती है कि वह बहुत बूढ़े हैं, और खुद उसको इसलिए कि वह बहुत छोटा है। अपने माँ-बाप को लेकर अब्दुल्ला का गुस्सा मुझे रहस्यमय और गनगना देनेवाला लगता है लेकिन मैं खुद को उसके और डायन के सफाए के उसके पक्के प्लान की तरफ खिंचता पाती हूँ।

अब्दुल्ला का पीला चेहरा चेचक के दागों से भरा है। वह मुझे सब बातें बताता है, कि कैसे जब वह बहुत छोटा था तभी उसकी अम्मा मर गई थीं, और कैसे जब वह चेचक से करीब-करीब मर ही गया था, किसी ने भी उसकी देखभाल नहीं की थी। उसकी मुस्कुराहट रूखी-सूखी है। और अब अब्बा के इस्लामिया होटल (लोग उसे ढाबा कहते हैं) के गन्दे चीकट बर्तन माँज-माँज कर गन्दे हुए नाखूनोंवाले बड़े-बड़े हाथ हैं। एकतान-सी आवाज में डरावनी बातें कहते हुए वह सामनेवाले की आँखों में आँखें डाले रहता है और पलक तक नहीं झपकाता। मैं जोर-शोर से विरोध करती हूँ लेकिन उसमें उन लोगों का दुःखभरा धीरज है जिनके दिलों में खुफिया संधें होती हैं और जो विरोध से अप्रभावित रहती हैं। वह अपने बयान पर डटा है। उसके अब्बा के होटल की बदरंग, सीली दीवारें, मक्खियों और भुतहे पुरखों की तस्वीरों से ढकी हैं। गेहूँ और प्याज के बोरे, टूटा फर्नीचर, हाथठेलों के टुकड़े पीछे के उस कमरे में ठुँसे हैं जहाँ वह रात को सोता है।

तड़के ही अब्दुल्ला को होटल के सामनेवाली सड़क पर झाड़ू लगाकर, मशक से पानी छिड़कना पड़ता है। उसके अब्बा बड़े-बड़े हंडों में करछी चलाते, उगालदान में पीक थूकते, बैठे खाँसते रहते हैं। अब्दुल्ला कहता है कि उन्हें बहुत कम मुनाफा होता है और, शायद उन्हें टी.बी. भी है। उनकी धँसी-सी छाती पर उगे इक्का-दुक्का बाल सफेद हैं और पसीना-भरी बगलों को वह एक चीथड़े से पोंछते रहते हैं। अचानक सिर उठाकर देखने पर उन्हें चक्कर सा आता है। फिर वे बहुत नाराज हो जाते हैं।

अब्दुल्ला स्कूल के लिए निकलने को होता है कि वे चीखते हैं, "अब धनिया कहाँ है ?" फिर अब्दुल्ला को पिछवाड़े की क्यारी से धनिया लाकर देना पड़ता है। इसका नतीजा यह होता है कि अब्दुल्ला के नाखून हमेशा गन्दे रहते हैं और अक्सर वह स्कूल देर से पहुँचता है। हमारी प्रिंसिपल मिस वैस्ट गन्दा रहने और देर से आने की वजह से हमेशा उसे सजा ही देती रहती हैं। जब भी वे उस पर गुर्राती हैं, मैं सहम जाती हूँ क्योंकि मुझे वजह पता है। लेकिन अब्दुल्ला नहीं चाहता कि कोई मिस वैस्ट को वह सब बताए। मैं चुप रहती हूँ और बड़ा अपराधी सा महसूस करती हूँ।

हमारे स्कूल की इमारत भूरी और नारंगी है और उसके चारों तरफ लम्बा-चौड़ा कम्पाउंड है। हमारी हैडमिस्ट्रेस मिस वैस्ट गोरी मेम हैं। उनका चपटा, फूला-फूला सा चेहरा सफेद पावरोटी जैसा है और अपनी लम्बी सुनहरी चोटियों को वे पहाड़ी लाम्याणियों की तरह सिर के चारों ओर लपेटे रखती हैं। वैसे उनके पास से, लाम्याणियों की तरह बदबू बिल्कुल नहीं आती। साफ़-सफ़ाई की वे दीवानी हैं और हमेशा पंखों के झाड़ूनुमा ब्रश से स्कूल के कोने-अँतरों से धूल के कण झाड़ती या गन्दे नाखूनवाले हाथों पर रूल बरसाती घूमती हैं। अक्सर ही उनका शिकार बननेवाला अब्दुल्ला उनसे नफरत करता है, मैं उन्हें बहुत प्यार करती हूँ, और फिर भी मैं और अब्दुल्ला बहुत अच्छे दोस्त बने रहते हैं।

इस स्कूल में लड़के और लड़कियाँ पाँचवीं क्लास तक इकट्ठे बैठते हैं, उसके बाद लड़कों को एक बॉयज स्कूल में जाना पड़ता

है जहाँ केनों और स्ट्रैपों से उनकी खाल उधेड़ी जाती है क्योंकि लड़कों को इसकी जरूरत रहती है। यह जरूरत वाली बात हमें क्लास के काने बदमाश मोहन ने बताई जिसकी एक आँख बँटवारे के दंगों में जाती रही। होमवर्क करने में उसकी मदद करने पर वह हमें उस छर्रे को छूने देता है जो उसकी आँख से गुजरकर उसके दाएँ कान के पीछे धँस गया है। मोहन से मैंने पहली गाली सीखी पर मुझे पता नहीं था कि उसका मतलब क्या होता है, इसलिए मैंने अपनी क्लासटीचर मिस स्टीफेन से उसका मतलब पूछा जिन्होंने मुझे क्लास से निकालकर गलियारे में खड़ा कर दिया। थोड़ी देर में ही सामने से मिस वैस्ट आकर पूछती हैं कि मैं वहाँ पर क्या कर रही हूँ ? मैं उनसे भी उस शब्द का मतलब पूछती हूँ जिस पर वे माथे पर बल डालकर कुछ नर्मी से ही पूछती हैं कि यह शब्द मैंने कहाँ सुना ? फिर वे मुझे बाँह से पकड़कर क्लास में ले जाती हैं और मिस स्टीफेन को एक तरफ ले जाकर उनसे कुछ खुसर-पुसर करती हैं। इसके बाद मोहन को बरामदे में खड़ा कर दिया जाता है और मैं कुछ भौंचक लेकिन खुशी-खुशी, अगली कतार में अपनी जगह पर बैठ जाती हूँ।

तो ये थी बात गालियों और लड़कों की।

मामी की टी.बी. का किस्सा यह था कि माँ के लिए नानी के यहाँ से बुरी खबरवाली चिट्ठी आई है। माँ कहती हैं कि उन्हें नहीं लगता कि उनकी भाभी बचेगी। वह रो रही हैं। चिट्ठी में बताया है कि उनकी भाभी, हमारी मामी को, टी.बी. हो गई है और उन्हें भुवाली भेजा जा रहा है जहाँ हमारे बाबू की पहली पत्नी मरी थीं।'' अब भुवाली तो आखिर लोग मरने ही जाते हैं न, ''माँ सुबकती हैं, उनकी नाक की फुनगी लाल हो गई है। बाबू सिर्फ हुँकारा देते हैं। शायद वे मौत और बर्बादी से थक चुके हैं। शायद वे यूँ ही थक गए हैं। कभी-कभी जब वे माँ से बहस नहीं करना चाहते तो वे यूँ ही चुप्पी ओढ़ लेते हैं। वह सामने बैठे होंगे पर आपको पता है कि आप उन्हें नहीं छू पाएँगे, जैसे वे किसी कोठरी में बैठे हों। मैं दरवाजे भड़भड़ाती हूँ, कूदती हूँ, अपनी छोटी बहन को रुला देती हूँ। लेकिन

बाबू सिर्फ मुझे यूँ देखते हैं जैसे बहुत दूर से देख रहे हों। माँ मुझे एक करारा चाँटा लगाती हैं। वे नहीं जानतीं कि इस सन्नाटे के खिलाफ, मैं उनके साथ हूँ।

वे मुझे चाँटे मारती चली जाती हैं।

दीनू को, और मुझे हाल में बाबू की पहली पत्नी के बारे में मालूम हुआ है। इस सच्चाई को कि दीनू उनकी बच्ची है, हम दोनों किसी अद्भुत रंगीन कंचे की तरह निरखते हैं, घुमा-घुमाकर उसके पहलुओं को देखते हैं और फिर उसे जेब में धर लेते हैं।

अब्दुल्ला के अलावा मैं किसी ऐसे बच्चे को नहीं जानती जिसकी सौतेली माँ हो। हाँ दीनू की माँ भी मर गई थीं और हमारे बाबू ने माँ से शादी कर ली थी, पर माँ अब्दुल्ला की सौतेली माँ जैसी सौतेली माँ कैसे हो सकती हैं ? हमारे लिए तो सौतेली माँएँ परियों की कहानियों के बाहर कहीं हो ही नहीं सकती थीं, और हमारे अपने घर में तो बिल्कुल ही नहीं, मैं इसके जवाब के लिए माँ की तरफ देखती हूँ पर उनके पास वक्त नहीं है।

अब्दुल्ला कहता है कि सौतेली माँएँ चीखती-चिल्लाती हैं।

माँ के अपने भय हैं। वह उनके बारे में देर-देर तक सोचती रहती हैं।

सोते-जागते हम उनकी कराहटें और सुबकियाँ सुनते हैं। दीनू मेरी तरफ देखती है। डर की एक लहर हम पर से गुजर जाती है।

"कुछ नहीं किया जा सकता," आखिर दीनू कहती है। स्कूल के लिए तैयार होने का समय हो गया है। हम फटाफट कपड़े पहनकर जैसे-तैसे नाश्ता निगलते हैं।

अब्दुल्ला कहता है कि सौतेली माँएँ तिकतिकाती और धमकाती रहती हैं।

"जल्दी लौट आना। गलियों में उन गन्दे बच्चों के साथ

मत खेलते फिरना जिनसे तुम जुँए ले आती हो," माँ पीछे से पुकारती हैं।

अब्दुल्ला कहता है कि सौतेली माँएँ सब कुछ नापसन्द करती हैं।

पर माँ इस कस्बे को पसन्द करती हैं। वह कहती हैं कि यहाँ तमीजदार शरीफ लोग रहते हैं। हमारे बड़े से बैठकखाने में कामचलाऊ स्टेज तैयार करके वे हमारे नाटक खेलने की तैयारी करती हैं। छुट्टियों में माँ हमें रबीन्द्र संगीत और मणिपुरी नृत्य के हाव-भाव सिखाती हैं। हमारे सभी शो एक से ही होते हैं लेकिन बड़े लोगों की हँसी हमारी प्रतिभा को उजागर करती है। परिवार में प्रतिभाओं का विभाजन होने लगा है। मैं पढ़ती हूँ, अभिनय और नृत्य करती हूँ, दीनू गाती है। उसकी आवाज ऊँची और साफ है और लयताल की उसमें एक सहज समझदारी है। कभी-कभी माँ हमारे लिए बच्चों की कोई पत्रिकाएँ ले लेती हैं। मैं खूब पढ़ने लगी हूँ लेकिन दीनू अब भी किताबों को बहुत पसन्द नहीं करती। रात को वह फुफकारती सी मुझसे कहती है, "बस मुझे नहीं पढ़ना वह सब।" वह यह भी बताती है कि हमारे माँ-बाबू को पैसा बचाना चाहिए। बाबू कह नहीं रहे थे कि दीनू की माँ इसलिए मर गईं क्योंकि उनके पास पैसा नहीं था, और माँ की भाभी इसलिए बच जाएँगी क्योंकि उनके घरवालों के पास पैसा है।

"पैसा," अब्दुल्ला नाली में थूकता है, "पैसे और पैसेवालों की मैं यही औकात समझता हूँ," वह कहता है।

डर की लहरें मुझ पर से गुजरती जाती हैं, गुजरती जाती हैं। मैं चौकस हूँ, मुझे सोने से डर लग रहा है। आवाज़ें मेरे आसपास यूँ करकराती हैं जैसे कीलें ठुके बूटों से अंडे के छिलके कुचले जा रहे हों। अक्सर मैं माँ की पुरानी फोटो-एल्बम देखती हूँ। कॉलेज के जमाने की तस्वीरों में वह घास के मैदान में बैठी होती हैं, मुँह में नरकुल दबाए या नदी तट पर कैमरे में झाँककर मुस्कुरातीं। उनके पिता बहुत जल्दी ही मर गए थे। उन्होंने बी.ए. किया ही था कि

वह घर लौटीं और उनकी शादी बाबू से कर दी गई जिन्हें उन्होंने देखा तक नहीं था। उनसे यह पूछ पाने में कि आखिर वह बाबू से शादी करने को क्यों तैयार हो गईं, मुझे और दीनू को बीस वर्ष लगे। माँ ने बताया कि–"एक तो बात यह थी कि बाबू मुझसे बड़े थे; फिर वह बहुत ही बढ़िया खानदान के थे, नौकरी पर लगे थे और उनके पास डिग्री भी थी। और मेरे अपने बाबू मर चुके थे।"

लगता है मौत की बातें करते बड़े लोग कभी थकते ही नहीं। आजकल माँ हमसे अक्सर कहती हैं कि उनके न रहने पर हम बहुत पछताया करेंगे।

खरोंचे लगे फर्नीचर वाला बड़ा सा कमरा मेरा और दीनू का है। मैं ज्यादातर हिन्दी की किताबें पढ़ती हूँ। अभी मुझे अंग्रेजी की सिर्फ वर्णमाला ही आती है। कस्बे में किताबों की एक ही दुकान है जहाँ ज्यादातर हिन्दी और उर्दू के अखबार और पत्रिकाएँ बिकते हैं। मैं अक्सर दुबली और कमजोर मामी के बारे में सोचती हूँ। मामी जिन्हें टी.बी. है, मामी जो मुझसे ज्यादा दीनू को पसन्द करती हैं, शायद इसलिए कि उसकी माँ मर गई थीं और इसलिए भी कि वह दुबली-पतली है। वह मेरे गालों पर यह दिखाती हुई चुटकी भरती थीं जैसे वे उन्हें सहला रही हों, लेकिन मुझे तकलीफ होती थी और तब मामी कहती थीं कि मेरा दिमाग चढ़ा हुआ है। अगर माँ मर जाएँ तो क्या फिर मामी मुझे पसन्द करेंगी ?

जब अब्दुल्ला कहता है कि उसे नहीं लगता कि मामी तब भी तुझे प्यार करेंगी तो मेरी आँखें जलने सी लगती हैं और मेरा गला भर आता है।

अच्छा, सौतेली माँओं की सौतेली बेटियाँ क्यों होती हैं ?

यह सच है कि जब हमने आखिरी बार मामी को देखा था, तब भी उनकी हड्डियाँ दिख रही थीं और उनकी बड़ी-बड़ी आँखों में वैसी उदासी थी जो लगातार कष्ट सहने से आती है। उनके नर्म शब्द छूँछे होते थे। दूसरों पर आया गुस्सा वह अपने बच्चों पर

उतारती थीं। मैंने कुछ बड़े लोगों को यह कहते सुना था कि वह खुद को सजा देती हैं। जब मैंने इसका मतलब पूछा था तो मुझसे दफा होने को कह दिया गया था।

"जब मामी मर जाएँगी तो क्या उनके बच्चों की भी सौतेली माँ होगी ?" "बिल्कुल होगी," अब्दुल्ला कहता है, "बिना माँ के सभी बच्चों की होती है।"

मैं सौतेली माँओं को अपने दिमाग से नहीं निकाल पाती।

माँ हमारे लिए 'चन्दामामा' मँगाने लगी हैं। मैं स्कूल से लौट खाना खाते-खाते पढ़ती हूँ। बहुत जल्दी ही 'चन्दामामा' के पन्नों पर चिकनाई और हल्दी के धब्बे लग जाते हैं। मैं उसे अपने तकिए के साथ ही रखती हूँ और बहुत डरी हुई या बहुत थकी होने पर उसे पढ़ती हूँ। मैं विचित्र जुड़वाओं और अपने सौतेले बच्चों के खिलाफ साज़िशों में मशगूल तीन रानियों की कहानियाँ पढ़ती हूँ। मैं गलती से इत्र की कुप्पियों से निकाल दिए गए अरब जिन्नों की कहानियाँ पढ़ती हूँ जिन्हें चतुर शहज़ादी चकमा देकर फिर से कुप्पी में बन्द कर देती है। शहज़ादी को उसकी सौतेली माँ ने जंगल में छुड़वा दिया है जहाँ उसे परियों ने पाला है। शहज़ादी छुई-मुई नहीं है, वह शेरनी की तरह लड़ सकती है। जब माँ को लगता है कि हम सो गए हैं तो वह बत्ती बुझा देती हैं। तब तक मेरी आँखें दुखने लगती हैं और बाहर गलियाँ भुतही लगने लगती हैं, वहाँ से डरावनी आवाजें आती हैं। मैं दीनू से सटने की कोशिश करती हूँ तो वह मुझे लतियाती है।

"मेरी भाभी अब बचेगी नहीं, मैं जानती हूँ," माँ कह रही हैं, "और अभी तो बेचारे बच्चे भी छोटे-छोटे हैं," वे रोने लगी हैं।

"उन्हें सिर्फ परिवार से दूर, डॉक्टरों की निगरानी में रहने की जरूरत है, फिर वह एकदम ठीक हो जाएँगी," बाबू कहते हैं।

"तुम्हें तो लगता है कि औरत के लिए बस इतना ही काफी है।"

"इसकी ज़रूरत तो हर किसी को कभी न कभी पड़ती है।"

"नहीं पड़ती। परिवार कोई फाँसी के फन्दे तो नहीं हैं। बच्चे और ससुरालवाले भी जरूरी हैं।"

अब बाबू चुप हैं पर दीनू और मैं जानते हैं कि आगे क्या होगा।

"तुम तो यूँ कटे से रहते हो कि बात करना दुश्वार होता है," माँ कहती हैं। चुप्पी, सिर्फ चुप्पी छाई रहती है।

"मैं तो अपनी तरफ से कोई कसर नहीं छोड़ता।"

"हाँ, अब तुम ताने-तिश्नों पर उतर आए।"

चुप्पी।

माँ हार मान लेती हैं। हम उनकी रुलाई सुनते हैं। मैं आँखें बन्द कर लेती हूँ और सुनती हूँ। फिर मैं 'चन्दामामा' पढ़ने लगती हूँ। मेरी आँखों में आँसू चुभ रहे हैं। दीनू बाहर स्टापू खेल रही है, आवाजें बाहर न सुनाई दें इसलिए वह जोर-जोर से गा रही है। वह इतनी दुबली है, कूदते हुए उसके हड़ियल कन्धे दिखते हैं। उसकी माँ टी.बी. से मरी थीं। अचानक मुझे दहशत होने लगती है। मैं कमरे से बाहर निकलकर उसके साथ खेलने लगती हूँ। मैं अपने बालों से क्लिप निकालती हूँ, वह भी अपने बालों से अपना क्लिप निकालती है। हम क्लिपों को एक-दूसरे में फँसाकर पाँसा बना लेते हैं और उसे चौखानों में फेंकते हैं। फिर हम कानफाड़ू ढंग से चीखते हुए कूद-कूदकर स्टापू खेलने लगते हैं।

अगले कुछ दिनों मामी, जिनकी ट्रेन हमारे कस्बे से होकर जा रही थी, से मिलने माँ के रेलवे स्टेशन जाने की ही चर्चा रही। वक्त के साथ इसमें भी कुछ न कुछ घटता-बढ़ता रहा। मामी पास के ही एक कस्बे से भुवाली ले जाई जा रही थीं। माँ हमें बताती हैं कि थकी और पस्त दिखती उनकी भाभी कैसे ह्वीलचेयर पर बैठी थीं और कैसे उनके बुखार से तपते गालों पर गैलपिंग टी.बी. की पक्की निशानी, चटख गुलाबी रंग छाया था। जब मामी ने माँ का हाथ अपने हाथों में लिया तो माँ को लगा कि उन्हें तेज बुखार है। फिर भी मामी बड़ी बहादुरी से, धीमी फुसफुसाती सी आवाज

में माँ को बताती रहीं कि अपने पति और बच्चों को छोड़ जाने का उन्हें कितना दुख है और वे तो अपने परिवार के ही साथ रहना चाहती हैं और उसी की वजह से लौटने की पूरी कोशिश करेंगी।

मैं माँ से पूछती हूँ कि क्या अब उन्हें भी टी.बी. हो जाएगी और वह मर जाएँगी ? वह बुरा मान जाती हैं।

"मुझे भला क्यों होने लगी टी.बी. ? मेरे घर के तो सब लोग अच्छे भले हैं। और जब मैं कुछ बात कर रही होती हूँ तो बीच में मत टपका करो। यह बहुत बदतमीजी है।"

"पर तुम कह रही थीं कि टी.बी. छूत का रोग है।"

"तुम इसकी फिक्र न करो। मुझे टी.बी. नहीं हो सकती।"

"क्यों ?"

"क्योंकि टी.बी. से वही लोग मरते हैं जिन्हें प्यार किया जाता है," और जाने क्यों, माँ रोने लगती हैं।

जब गर्मी पूरी तेजी पर थी, तब हमें बताया गया कि बाबू का तबादला फिर से अल्मोड़ा हो गया है। हम फिर से पहाड़ जा रहे हैं। हम खुशी के मारे चीख पड़ते हैं।

लेकिन बड़े बुरे ढंग से मुझे पता चलता है कि सभी को हमारे तबादले की खुशी नहीं होने वाली। जब मैंने अब्दुल्ला को बताया कि हम जल्दी ही वापस पहाड़ जा रहे हैं तो उसने फुफकारकर कहा, "तुम धोखेबाज हो।"

उसकी पनियल आँखों के चारों ओर कीड़े मँडरा रहे थे और हम दोनों के चारों ओर रोएँदार, नीले सिरोंवाली बड़ी-बड़ी मक्खियाँ। वे टट्टी खाती हैं, अब्दुल्ला ने मुझे बताया था। गली में सड़ती सब्जियों और टट्टी की गन्ध भरी थी। इसके बाद, हालाँकि मैंने उसे उसके दमघोंटू गुस्से से छुड़ाने की बहुत कोशिश की, लेकिन, अब्दुल्ला ने मुझसे बात करनी बन्द कर दी। मैं आसपास होती तो वह मुँह फेर लेता और फुसफुसाकर मोहन से कहता, "हूँह लड़कियाँ !" फिर दोनों मुँह बना-बनाकर हँसते।

अगले जाड़ों में मुझे अब्दुल्ला की चिट्ठी मिली जिसमें एक

सूखा गुलाब रखा था। उसने लिखा था कि इस गुलाब की ही तरह मेरे दिल में तुम्हारी यादें सूख चुकी हैं और उनकी खुशबू उड़ गई है।

"सिर्फ इस वजह से कि तुम लड़के हो, तुम्हें ओछा नहीं बनना चाहिए," मैंने अब्दुल्ला को लिखी अपनी पहली और आखिरी चिट्ठी में लिखा था।

मेरे पास अब्दुल्ला का पता नहीं था। मैंने चिट्ठी बिना पते के ही भेज दी।

हमारी मौसियाँ

पॉपी जैसा कुत्ता हमने कभी नहीं देखा था। वह एक खजैली सी, लेंडी कुतिया थी जो एक दिन नानी के यहाँ चली आई और फिर वहीं रह गई। आमा कहती थीं कि ब्याह की दावत में बिन बुलाए मेहमान भूरिया की तरह वह कुछ भी खा लेती थी, कुछ भी—कद्दू के बीज, खीरे के छिलके, सड़े पुराने जूते...। उसे हमेशा ही कोई न कोई लतियाता, धमकाता रहता था लेकिन इस बेइज्जती की परवाह किए बिना वह हर टुकड़ा डालनेवाले की शान में जमकर अपनी दुम और कूल्हे हिलाती।

बाबू का तबादला होने पर जब हम दुबारा अल्मोड़ा आए तब तक पॉपी हीरादी के साथ डट गई थी। हीरादी के पाँच बिन बाप के बच्चे थे, विधवा हीरादी को नानी ने निचली मंजिल पर एक

कमरा मुफ्त में दिया हुआ था। नानी का घर काफी बड़ा था और उसमें नानी और हमारी चार कुँवारी मौसियों के अलावा हीरादी के कुनबे के लिए भी खासी जगह थी। सर्दियों में नानी और मौसियाँ मामा के पास मैदानों में चली जाती थीं और बर्फ पिघलकर वसन्त के आ जाने पर ही लौटती थीं। हीरादी घर में बनी रहतीं। वे कहाँ जा सकती थीं ?

धीरे-धीरे हीरादी की रसोईवाली कोठरी मेरी मनपसन्द जगह बन गई। इस कोठरी में कभी ईंधन रखा जाता था, अब यहाँ घी, हींग और बिरोजे की गन्ध फैली रहती। हीरादी चूल्हे पर चढ़ी हंडिया में करछी चलाती रहतीं और अपनी औलाद की राक्षसी भूख के बारे में बड़बड़ाती जातीं। मेरे लिए वह हमेशा कुछ न कुछ बढ़िया छिपा कर रखतीं। "आ मेरी घुघुती, आ मेरी पुथली, ले, खा"—कहती वे मेरी हथेली में तिल का लड्डू या गुड़ या मसालेदार मूँगफलियाँ धर देतीं।

अपने साठेक सालों का काफी बड़ा हिस्सा हीरा उर्फ हिरुलीदी ने नानी के घर के दो छोटे-छोटे कमरों में गुजारा था। वह खुद को नानी का हनुमान कहतीं : संकट की घड़ी में नानी ने ही विधवा हिरुली को उबारा था।

सिलाई-कढ़ाई के कमरे में चलनेवाली बातों से हमें पता चला था कि पति के मरने पर हीरादी के रिश्तेदारों ने एक-एक करके उनसे किनारा कर लिया था क्योंकि एक तो वह खूबसूरत, जवान बेवा थीं और ऊपर से गरीब, यानी कोढ़ में खाज। आखिर उन्हें पास के एक मकान के आउटहाउस में शरण मिल पाई थी। इन्हीं दिनों नानी भी विधवा होकर, अपनी अधकचरी गृहस्थी के साथ पहाड़ लौटीं। नानी ने हीरादी को अपने पास रख लिया, और यूँ रीना, सीता, मिंटी, टापू और तोता नानी के यहाँ आ टिके।

वह कमरा, जिसमें हीरादी की जिन्दगी का लम्बा हिस्सा बीता, कुछ बेढब लम्बा सा था। शायद यह बाद में उन मांसाहारी मेहमानों के चौके के लिए बनाया गया होगा जो वैष्णव चौके में नहीं खा सकते थे, इस कमरे पर टीन की चादर की छत पड़ी थी, इसके

सामने के बरामदे में लोहे के खम्भे लगे थे जिन्हें पकड़कर चकफेरियाँ लगाने में हमें बहुत मज़ा आता था। कमरा हमेशा बिखरा-फैला, गर्म और बेतरतीब रहता था। हीरादी की शैतान, बड़बोली औलादें, जिन्हें वह हमेशा चपतियाती रहती थीं, अक्सर पलटकर उन्हें जवाब देतीं। माँ की चपतों से बच निकलने में भी वे माहिर थीं। जब ऐसा होता तो हम सब उन्हें शाबाशी देते, चीखते और वे सब नानी के दरबार में इंसाफ की गुहार लगाते; जज नानी होतीं। अगर नानी हम सभी को चुप होने या मर जाने को कहतीं, कोसतीं, तब भी हमें खास फर्क न पड़ता।

धुँएवाले चूल्हे के पीछे पीतल की परात में आटा गूँधती हीरादी का भरा-भरा शरीर उनकी पतली चौके की धोती में से झाँकता। उनकी भौंहें कमान जैसी थीं और उनकी बड़ी-बड़ी ममतालु आँखें धुएँ के मारे डबडबाई रहतीं। आटा गूँधकर वे बड़े सन्तोष से उसे थपथपातीं और फिर बेलन लेकर मोटी-मोटी, बड़ी-बड़ी, चाँद-सी रोटियाँ बेलने लगतीं। वे सिर झुकाए रोटियाँ बेलने में जुटी होतीं और मैं उनकी लम्बी बरौनियाँ देखती, एक-दूसरे से चिपकी, सख्त। वे कहती थीं कि कुछ बरौनियाँ उनकी आँख के अन्दर घुस जाती हैं और फिर उन्हें बहुत तकलीफ होती है। काम खत्म करके वे अक्सर एक छोटा सा शीशा और चिमटी लेकर धूप में आ बैठतीं। “टीनू, लली जरा सरककर बैठना लाडो, रोशनी नहीं आती तो इस अँधेरी रसोई में मुझे कुछ नहीं सूझता,” और हीरादी अपनी तकलीफदेह बरौनियाँ नोचने लगतीं। उनके पीछे आले में, धुँए से धुँधलाए सिगरेट के टिनों में थोड़ी-थोड़ी दालें, मसाले और घी रहते। कैलेण्डर से, माखन की तरफ हाथ बढ़ाते नन्हे गुलगुथने कृष्ण हमें देखकर मुस्कुराते।

“ओहो, बस इत्ती सी बात पर मेरी बुलबुल रो रही है ? पता है, बड़ी होकर तुम अपनी इजा से भी सुन्दर बनोगी ? देखती रहना,” हीरादी मीठी आवाज में कह रही हैं। मैं फ्रॉक से अपनी आँखें और नाक पोंछकर उनके हाथों की कारगुजारी देखती रह जाती हूँ। वे

एक चुन्नी-मुन्नी रोटी खास मेरे ही लिए पकाती हैं। उस पर घी चुपड़कर, चीनी बुरककर, वह मेरी हथेली पर धर देती हैं। "बिना मरद-मानस के अपने इन पाँच-पाँच भुतनों को मैं कैसे सँभालूँगी, पता नहीं," होंठ सिकोड़कर हीरादी सिर हिलाती हैं। मैं हमेशा की तरह रोना भूलकर मुस्कुराने लगती हूँ।

विश्वास नहीं होता कि कुछ ही मिनट पहले मैं फूट-फूटकर रोती इस रसोई में आई थी क्योंकि मुझे इष्टदेव का प्रसाद नहीं दिया गया था। अनु और शुभा को प्रसाद मिला था पर जब मैं और दीनू आगे बढ़े तो मौसियाँ मुसकुराईं थीं, नहीं, बेटियों की बेटियाँ इष्टदेवता का प्रसाद नहीं पा सकतीं, इष्टदेवता का प्रसाद सिर्फ बेटों के बच्चों और अनब्याही बेटियों को, यानी, खुद उन्हें ही मिल सकता है। "तुम अपने बाबू के कुलदेवता का प्रसाद खा सकती हो," एक मौसी ने रहम खाकर कहा था जिससे मैं बिलख ही पड़ी थी, क्योंकि हमें पता था कि अपनी पहली पत्नी के मर जाने के बाद बाबू की आस्था इष्टदेवता में नहीं रह गई थी और वे कभी मन्दिर नहीं जाते थे।

"इष्ट नहीं तो प्रसाद भी नहीं," अनु चटखारे लेकर खाता हुआ जोर से कहता है। दीनू हिकारत से उसे देखकर चली जाती है लेकिन मैं उस पर पिल पड़ती हूँ और बुरी तरह मात खाती हूँ।

मेरा दुख हीरादी ही मिटा सकती हैं, मैं उन्हीं की शरण में जाती हूँ। "ऐसा है न कि वो सब तुम्हें बहुत प्यार करती हैं लेकिन बेटियों को अपने बाप या नानी के घर का ज्यादा मोह नहीं पालना चाहिए। उन्हें एक दिन अपने ससुराल चले जाना होता है, समझी न ?" हीरादी की तीखी ढोड़ी पर आटा लगा है। "अपने घर जाकर बेटियाँ जितना चाहें उतना प्रसाद खा सकती हैं, है न ?" वे मुझे एक और रोटी पकड़ाती है, "तुम्हारा दूल्हा तो हैदराबाद के निज़ाम से भी रईस होगा। और तुम्हारे ब्याह में, ये मोटी राँड हीरा नाच करेगी !" हीरादी ठुमका लगाती हैं और मैं खिलखिलाती हूँ।

पर खुद अपनी औलाद से, हीरादी कड़ाई से ही पेश आती हैं, खासकर हमेशा हँसती रहनेवाली सीता से। कभी-कभी जब सीता

उन्हें बहुत गुस्सा दिला देती है तो वे उसे कस-कसकर चाँटे मारती हैं। इस पर नानी यूँ दिखाती हैं जैसे उन्हें बड़ा गुस्सा आ गया हो, "शर्म कर हीरा, शर्म कर ! ब्याहने लायक बेटी पर हाथ उठाती है ?" लेकिन उनकी आवाज से साफ जाहिर होता है कि चंचल-खिलंदड़ी, ब्याहने लायक बेटियों की लगाम कसे रखना जरूरी है।

नानी और हीरादी पति को मालिक कहती हैं। वे सीता को उसके मालिक के लिए सीधी कर रही हैं। नानी कहती हैं कि यह किया जाना सही और जरूरी है। अपने ढंग से वे भी यही करती रही हैं।

चौके की पतली सफेद धोती में से हीरादी की गोरी नर्म पिंडलियाँ ऐसे लगती हैं जैसे वे कैलेंडर के कृष्ण कन्हैया की मैया के निकाले मक्खन से बनी हों। मुझे हँसाने के लिए हीरादी नाच जैसा करती हैं और मुलायम चमड़ी से मढ़ी उनकी गद्दर देह रामपुरी चाकू की तरह खुलती बन्द होती है। मैं खुद को उनकी बाँहों में खिंचने देती हूँ, उनकी नर्म गोद में घी और आटे की गन्ध समाई है। "बेचारी बच्ची," वे फुसफुसाती हैं, जैसे यह सब सवालों का जवाब हो।

सुबह की रसोई का अनुष्ठान पूरा होने पर नानी उस लम्बे बरामदे में आ बैठती हैं जहाँ से मेन सड़क दिखती है, यह उनकी मनपसन्द जगह है। लकड़ी के खम्भों पर टिके इस बरामदे पर टीन की चादर पड़ी है और यह घिनौने हरे रंग से पुता है। जैसे ही नानी आकर अपनी जगह पर बैठती हैं, हीरादी भी उनके पास जम जाती हैं, तब तक अक्सर उनका भी खाना पक चुकता है। न भी पका हो तो वे सीता को आवाज देकर कहती हैं कि वह दाल का उबाल न गिरने दे, और खुद नानी के पैर मलने लगती हैं।

"लगता है यह तो किसी कुत्ते से मुँह काला कर आई," हीरादी नीचे आँगन में बैठी पॉपी पर कोयले का टुकड़ा फेंकते हुए सरसों के तेल की कटोरी अपनी ओर खींचती हैं।

नानी अपनी हरी आरामकुर्सी पर बैठी चिलगोजे छील-छीलकर

खा रही हैं, उनकी निगाह धूप में रखे अपने अचार-मुरब्बों पर भी है। नीचे पॉपी अलसाई सी पड़ी है। कोयला लगने पर वह चौंकती है और फिर से ऊँघने लगती है।

नानी ख्यालों में डूबी हैं। दोपहर का खाना खाकर, दोनों बूढ़ी औरतें रोज धूप में बैठती हैं। अलसाई, खुशमिजाजी में डूबी वे अक्सर मर्दों और औरतों की बातें करती हैं। उनकी हँसी में मैं एक खास खनक पहचानती हूँ जिसका मतलब है कि वे ऐसी बातें कर रही हैं जो हमें नहीं सुननी चाहिए।

"ये औरतें भी तो !" नानी हँसते हुए एक किताब उठा लेती हैं। हीरादी नाक सिकोड़ती हैं और नानी के नन्हे पैरों पर तेल मलती चली जाती हैं।

चुप्पी।

"तुम कभी भी कुछ क्यों नहीं पढ़तीं ?" मैं आखिर हीरादी से पूछ ही लेती हूँ। "पढ़ती हूँ न," वे कहती हैं, "रमॅण पढ़ती हूँ ताकि रामजी अगले जनम में मुझे राँड न बनाएँ।"

"पर तुम पहले से ही तो विधवा नहीं थी न ?"

हीरादी जवाब नहीं देतीं। वे धोती के पल्लू से हाथ पोंछकर नानी के लिए चिलगोजे छीलने लगती हैं।

कभी-कभी हीरादी कटोरी में गुनगुना नारियल का तेल लेकर नानी के सिर और गर्दन में मालिश करती हैं। कभी ऐसा होता है कि नानी सन्तोष से लम्बी साँस लेती हैं और जो भी वे खा रही होती हैं—मेवे, फल, किशमिश, उसमें से मुट्ठी-भर उन्हें भी देती हैं।

इन दिनों मैं लगातार, पाखाने में बैठकर, वह किताबें पढ़ती हूँ जिन्हें पढ़ने से मुझे मना किया जाता है। मैं जासूसी कहानियाँ पढ़ती हूँ, 'मोहन डाकू की कहानियाँ,' सातवें खंड में मोहन डाकू एक दस्यु सुन्दरी से शादी कर लेता है, आठवें खंड में दस्यु सुन्दरी का एक बच्चा होता है और वह डाके डालना बन्द कर देता है। इसके साथ ही मेरी उनमें रुचि खत्म हो जाती है।

मैं पॉपी और उसके पिल्लों के बारे में सोचती हूँ। वह दिनों-दिन मोटी और भोंडी हुई जा रही है। मिलनेवालियाँ जब हम बच्चों के लिए शक्कर-भरी मिठाइयों के लिफाफे लेकर आती हैं तो वह बौरा सी जाती है। यह चिपचिपी, सस्ती मिठाइयाँ खूब रंग-बिरंगी होती हैं और फौरन गला जकड़ लेती हैं। लेकिन खाँसी की फिक्र किए बिना हम उन्हें चट कर जाते हैं। ''बच्चे तो बरसाती चींटियों की तरह सब कुछ स्वाहा कर देते हैं ! और ये बेटियाँ ! ये तो रातोंरात जंगली घास की तरह बढ़ती हैं, रातोंरात ! कोई कैसे जिए ?'' हीरादी यूँ ही पूछती हैं।

मौसियाँ और सीता आजकल कढ़ाई करने लगी हैं। माँ 'वुमन एंड होम' का अपना खज़ाना उनके हवाले कर देती हैं। दिन-भर वे एंकर के धागे की लच्छियाँ खोलतीं, लच्छियों के नम्बर मिला मिलाकर, मेजपोशों, टी-कोजियों पर फूले-फूले गाउन पहने, हाथ में गुलदस्ते लिए बाग में खड़ी मेमों के नक्शे काढ़ती चली जाती हैं। उनसे मुझे जीभ पर शहद की बूँदों जैसे महसूस होने वाले टाँकों के नाम पता चलते हैं—स्ट्रेट स्टिच, स्टैम स्टिच, फ्रेंच नॉट्स, हैरिंगबोन स्टिच, सैटिन स्टिच।

लेकिन मैं खुद कढ़ाई नहीं करती। मैं बहुत बेसब्र हूँ और मेरे धागे में बार-बार गाँठ लगती रहती है। दीनू और शुभा मौसियों की बड़ी कुशल और आज्ञाकारी सहायक बन गई हैं। वे धागों के रंग मिलाने, सही सुइयाँ चुनने और फ्रेम में कपड़ा कसने में मौसियों की मदद करती हैं। मौसियाँ कहती हैं तो वे लच्छियों के गोले बनाने में मदद करने के लिए अपने हाथों को भी छोटे-छोटे खम्भों की तरह खड़ा कर लेती हैं।

मौसियों के लम्बी उँगलियों वाले हाथ गोल दायरे में घूम रहे हैं, रेशम की गोलियों का आकार बढ़ रहा है और उनकी बातें भी गोल दायरे में घूमती हैं। वे बम्बइया फिल्म स्टारों के इश्कों की गिरफ्त में हैं—नरगिस और राजकपूर, देवआनन्द और सुरैया, मधुबाला और दिलीपकुमार।

उन्होंने इन जोड़ियों के बारे में फाइलें तैयार की हुई हैं जिनमें

फिल्मी पत्रिकाओं में से काटी हुई तस्वीरें चिपकी हैं। वे घंटों इन्हें निहारते और 'हाय, हैं न कितने खूबसूरत ? मेरी भी ऐसी आँखें होतीं तो...' कहते बिताती हैं।

मेरी यह मौसियाँ भी खूबसूरत हैं, बेंत सी छरहरी, घनी रेशमी बरौनियोंवाली शर्बती आँखें और खड्ग जैसी धारवाली नाकें, लेकिन उनकी बातें सुनकर लगता है कि अगर आप एकदम ही गज़ब के सुन्दर से ज़रा भी कम हों तो यह मौत से भी बुरा है। उनके पास छोटे-छोटे शीशे है जिनमें देखकर वे कह उठती हैं, 'हाय कितनी बेकार सी हूँ मैं !' लेकिन उनकी आँखों की चमक बताती है कि उन्हें मालूम है कि बात इससे उल्टी है।

हीरादी औरतों की खूबसूरती को शक की निगाह से देखती हैं। वे नानी से कहती हैं कि बिना बाप की बेटियाँ अपने आप में अच्छी-खासी आफत हैं, उस पर वे खूबसूरत भी हों तो बस हो गया ! नानी उनकी हाँ में हाँ मिलाती हैं, "जमाना खराब आ गया। गीली जमीन पर पैर फिसलते क्या देर लगती है ?"

मैं जानना चाहती हूँ कि किसके पैरों की बात हो रही है। हीरादी और नानी मुझे गौर से देखती हैं जैसे मुझे देखकर वे बहुत हैरान हों, "जाओ, खेलो," नानी मेरे हाथ में कुछ किशमिश देती हैं। उन्हें खाते हुए पता नहीं क्यों मैं अपराधी सा महसूस करती हूँ।

अँधेरा होने पर हीरादी, पॉपी की गन्ध सूँघते आए आवारा कुत्तों को भगाने जाती हैं, गली के छोकरे उन पर हँसते हैं। "अहो, यह कुतिया भी" वे बड़बड़ाती हैं, "ओरी !" वे पॉपी को अन्दर करके गेट पर ताला लगाते चीखती हैं। वे कहती हैं कि वे चाहती हैं कि सभी लड़कियाँ यूँ ही रहें, बन्द दरवाजों के पीछे, अँधेरा होते ही नींद में गर्क। वे देर तक नानी के पलंग के पास बैठी रहती हैं और नींद के सुखद, अँधेरे गड्ढे में गिरते हुए उनकी बुदबुदाहट मेरे गालों पर मोरपंख-सी फिरती है।

नानी का घर यदि बर्फी है तो मर्द उस पर जड़े पिसते। मर्दों में सबसे छोटा अनु खानदान का वारिस है। अगर वह पढ़ना न चाहे तो मास्साब को वापस भेज दिया जाता है। अगर उसे जुकाम हो तो वह बिस्तर में लेटा पेपरमिंट की गोलियाँ चूस सकता है। उससे कोई कुल्ला करने को भी नहीं कहता, पर अनु मुझसे बहुत अच्छी तरह पेश आता है, शुभा के मुकाबले। वह मुझे दोस्त कहता है और मैं खुशी-खुशी उसके कहने पर दौड़-दौड़कर उसकी एयरगन साफ करने के लिए चिथड़े लाती हूँ, निशाना लगाने के लिए सिगरेट के टिनों को एक कतार में खड़ा करती हूँ। सिलाई-कढ़ाई के कमरे से मैं भागती हूँ, तब वह मेरा आश्रय है।

बातें खतरनाक मोड़ लेकर मेरी पिन्नी नाक और बच्चे जैसे गोलमटोल चेहरे पर अटकने लगती हैं, मैं उन गन्दे डाकू बच्चों के बारे में भयानक तुकबन्दियाँ गढ़ती हूँ जो रेंट के लड्डू खाते हैं। मैं सुन्दरता की बात रोकने में सफल रहती हूँ। उवैक् ! उवैक् ! मौसियाँ नजाकत से कै करने जैसी आवाजें निकालती हैं, लेकिन आखिर हँस ही देती हैं। बहुत ही सड़ी लड़की है तू ! वे कहती हैं, मैं खुशी से फूली नहीं समाती।

मौसियों के मिजाज की थाह पानी मुश्किल है। गुस्सा और नर्मी उनमें एक साथ भरे हैं। जब सब ठीकठाक होता है, यानी जब जवांदिल देवानन्द हसीन सुरैया की और ख्वाबीदा आँखोंवाला दिलीपकुमार परीसूरत मधुबाला की दिलजोई कर रहे होते हैं तब वे एक-दूसरी को टहोके मारती हँसती-खिलखिलाती हैं। लेकिन कभी-कभी कपड़े में सुइयाँ घोंपते, न जाने किस बात पर उनका गुस्सा लपट मारने लगता है—कोई मौसी अचानक सुबक उठती है, बाकी उसे थामती हैं। "आखिर कोई क्या-क्या झेले ?" टूटी आवाजें बार-बार पूछती हैं, "मुझे समझ ही नहीं आता कि मैं क्या करूँ ?"

दुःख और डर से कमरे की हवा खारी हो उठती है, मैं दूर भाग जाना चाहती हूँ—इस दमघोंटू कमरे में जहाँ मोटे से बालकृष्ण और अनन्त धीरज से सब पर आशीर्वाद बरसाते, गहनों से लदे राम-परिवार की तस्वीरें लगी हैं, बहुत दूर; विलायती बागों और फूलों

के नक्शोंवाली टी-कोजियों और लेस लगी सर्विएट्स से कोसों दूर।

लेकिन जाएँ तो जाएँ कहाँ !

मंगल और शनिवार को किसी के घर जाना अशुभ होता है और इसलिए मौसियाँ और उनकी सहेलियाँ झुंड बनाकर दोपहर का शो देखने जाती हैं। कस्बे का इकलौता सिनेमा रीगल, तेल, पेशाब और मूँगफलियों की गन्ध से गन्धाता रहता है। दीनू और अनु मौसियों के साथ करीब-करीब हर फिल्म देखते हैं। मैं और शुभा महीने में एक ही फिल्म देख सकते हैं। हम कुर्सियाँ सरकाते, स्कार्फ फरफराते, बालकनी में बैठते हैं। रोशनियाँ मद्धम होती हैं। प्रोजेक्शन बूथ से निकलकर रोशनी की एक नदी, हमारे सिरों के ऊपर से गुजरती पर्दे तक जाती है। इस रोशनी में धूल के कण नाचते हैं। पर्दा दूर है और सस्ते कपड़े का बना है, इसलिए फिल्म्स डिवीजन की डॉक्यूमेंटरी में नेहरूजी हमेशा बारिश में भीगते दिखते हैं। मैं हैरान होती हूँ कि हमेशा बारिश में भीगते रहने पर भी उन्हें ठंड क्यों नहीं पकड़ती ?

डॉक्यूमेंटरी खत्म होने पर जब सितार और बाँसुरी चुप हो जाते हैं तब असली फिल्म शुरू होती है। इन फिल्मों में तीखी नक्की आवाजोंवाले लम्बे-चौड़े मर्द और सैटिन के गाउनों में तैरती सी नाजुक औरतें होती हैं जिनके चेहरे पर पाउडर और होंठों पर खूनी सुर्ख लिप्स्टिक पुती रहती है। पहले सब हँस और रो और गा रहे होते हैं, उनके बाल हवा में उड़ रहे होते हैं। फिर माँ-बाप या विलेन आ धमकते हैं और एक्शन शुरू होता है। प्रेम और दुःख ऐसी तेजी से आते-जाते हैं कि हॉल की हवा ही गड्डमड्ड होने लगती है। फिर एक-एक करके सब मामले सुलझ जाते हैं और पर्दे पर बड़ा-बड़ा 'दि एंड' आ जाता है।

बत्तियाँ जलने के बाद भी, सिगरेट के धुएँ की तरह जादू कुछ देर बना रहता है। औरतें यूँ लगती हैं जैसे वे अपनी सीटों में और भी पीछे चली गई हैं, मर्द सन्न और बेखबर से लगते हैं। फिर फर्श पर पाँव घसीटते, खड़े होते, मर्द तिलिस्म को तोड़ देते हैं और औरतें

झिझकती सी, निगाहें मिलाने से कतरातीं अपने आसपास देखने लगती हैं। फिर मखमली सरसराहट के साथ गेटमैन, भारी पर्दे हटा देता है और लोग कालीन से ढके फॉयर में आ जाते हैं।

बाहर, हम चोर निगाहों से एक-दूसरे को देखते हैं। हमारी आँखें भारी और रोई सी लगती हैं और होंठ भरे-भरे। मौसियाँ आखिरी बार नाक सुड़ककर अपने रुमाल बटुए में रखने लगती हैं। बाहर आते हुए वे शर्माती-सी, हॉल में लगे शीशों में खुद को देखती हैं।

सिनेमाहॉल का बूढ़ा एंग्लो-इंडियन मालिक ग्रीनवुड दरवाजे के पास मूँछों पर हाथ फेरता, हैट के कोने को छूकर 'माई प्रेट्टी यंग लेडीज' यानी मौसियों को, सलाम करता खड़ा है। हॉल में उसकी अपाहिज बीवी घर ले जाए जाने के इन्तजार में बैठी नम टिशू पेपर को गोलगोल मरोड़ रही है। जब हम वहाँ से गुजरते हैं तो वह चौखाने के कम्बल से अपने फालिज मारे पैर ढकेलती है।

ग्रीनवुड लोगों के बच्चे नहीं हैं। लोग कहते हैं कि मिसेज ग्रीनवुड ने उससे शादी सिर्फ इसलिए की ताकि वह रोज फिल्म देख सके। वह एंग्लो है, ग्रीनवुड देसी ईसाई है। बालकनी का ताला लगाने से पहले ग्रीनवुड झुककर मुझे और शुभा को गोद में उठा लेता है। उसकी उँगलियों पर तम्बाकू के दाग हैं और दाँत सड़े हैं। वह हमें लिट्ल एंजेल्स कहता है। जब वह हमें गले लगाता है तो उसकी हड़ियल छाती में उठती खिलौना मोटर सी खड़खड़ाहट सुनी जा सकती है—वी ऽ ऽ यूँ ऽ ऽ वी ऽ ऽ !

"ब्लैस यू," वह फुसफुसाता है।

शुभा और मैं बाहर सड़क तक पहुँचने का इन्तजार करते हैं। फिर हम तरह-तरह के मुँह बनाकर सिनेमा हॉल की तरफ देखकर जीभ चिढ़ाते हैं।

हमारा भैया

उस दिन प्रकाश को बुलवाया गया था, ताकि वे माँ के अजन्मे बच्चे का अता-पता दे सकें—लड़का या लड़की ? प्रकाश दा गूँगे-बहरे हैं, वे नीचे मोटर-सड़क पर बने मकान में रहते हैं और दूर के रिश्ते में माँ के भाई होते हैं। सब लोग उम्मीद लगाए बैठे हैं कि प्रकाश दा बताएँगे कि इस बार लड़का ही होगा। तीन बेटियाँ ! नानी उसाँस भरकर पहले हमें, फिर माँ को देखती हैं जो चुपचाप बैठी छोटे-छोटे जाने क्या बुन रही हैं, माँ के माथे पर भी चिन्ता से लकीरें पड़ी हैं। दीनू मुझे बताती है कि माँ सफेद ऊन से बुनाई इसलिए कर रही हैं कि अगर लड़की भी हो तो भी वो काम आ जाएँ। *अगर*।

अगर, मैं बिस्तर में लेटी दोहराती हूँ। यह शब्द पंखों की फरफराहट जैसा लगता है जैसे तितलियाँ पंख फरफरा रही हों।

अगर। अगर। अगर।

गर्मियों के दिन हैं। रोज रात को हमारे नए घर के लैम्पशेडों में ढेरों रोएँदार कीड़े फँस जाते हैं।

मैं खुद को फँसा-फसा सा पाती हूँ। *अगर। अगर। अगर।*

हीरा दी की बाँछें खिली पड़ रही हैं। प्रकाश दा ने हाथों से गुल्लक का आकार बनाया है। गुल्लक तो यानी, लड़का ही हुआ न ? लड़कियाँ तो कुर्की की डिग्रियाँ होती हैं। बेटे पैसा लाते हैं, सोना, जमीनें, सब कुछ। बेटियाँ सिर्फ मालमत्ता ले जानेवाली हुईं। नानी की बूढ़ी विधवा परिचिताएँ जो मंगल और शनिवार के अलावा रोज ही उन्हें मिलने आती हैं, आकाश की तरफ आँखें उठाकर, हाथ जोड़कर 'उसकी इच्छा' जैसा कुछ बुदबुदाती हैं।

"हे देवी मैय्या, अबकी तो इन बेचारी बच्चियों को भैया ही देना !" कहती वे हमारे गालों-माथे पर हाथ फेरती हैं, उनके हाथ भद्दे और खुरदुरे हैं।

मैं आठ साल की हूँ, दीनू दस की, पीछे की तरफ एक कोठरी में हम लोग छिपकर फिल्मी पत्रिकाएँ पढ़ते हैं, बड़े लोग हमें यह पत्रिकाएँ पढ़ने को मना करते हैं। मैं गोलमटोल हूँ, दीनू नहीं है। "हाय ! एकदम अपनी माँ पर है," कहकर औरतें आँखें मटकाती हैं। "रे ! बेचारी बच्ची," वे बार-बार कहती हैं और फिर चोर निगाहों से देखती हैं कि कौन सुन रहा है।

एक दिन ऐसी बातें सुनने के बाद नानी माँ से कहती हैं, "पराए बच्चे को पालना ऐसा ही हुआ जैसे अपनी हथेली का मांस खाना।" माँ उसाँस भरकर चली जाती हैं। वे दुःखी और परेशान दिखती हैं।

मैं चुपके से अपनी हथेली का मांस काटने की कोशिश करती हूँ पर काट नहीं पाती। कोई अपनी हथेली का मांस कैसे खा सकता है ?

शुभा और अनु नीचे मैदानों से छुट्टी में अल्मोड़ा आए हुए हैं। नानी के कमरे की तरफ इशारा करती हुई शुभा कहती है, "जब वो मर जाएँगी न तो हम कभी भी यहाँ नहीं आएँगे।" शुभा को

पहाड़ से नफरत है क्योंकि ठंड से उसकी माँ की तबीयत खराब हो सकती है और उन्हें फिर से सैनेटोरियम जाना पड़ सकता है। सैनेटोरियम में इलाज के बाद मामी एकदम ठीक होकर लौटी हैं। अब तो वो अच्छी गोलमटोल और गुलाबी दिखती हैं, लेकिन कोई भी उन्हें धुएँ भरे चौके में नहीं जाने देता, न ही कुछ भी उठाने देता है। सब कहते हैं कि वे अब भी कमजोर हैं। अनु और शुभा की छोटी बहन जिसे मामी सैनेटोरियम जाते हुए नानी के पास छोड़ गई थीं, बंदरिया के बच्चे की तरह माँ से चिपकी रहती है।

दिन बीतते जा रहे हैं। हम दोपहर बाद स्कूल से लौट रहे हैं कि दलान पर बाँहें हिला-हिलाकर चीखता, दौड़ता अनु आता है, ''खुशखबरी ! खुशखबरी !'' मैं और दीनू समझ जाते हैं कि हमारा भैया आ गया। 1954 के सितम्बर की पहली तारीख है। दीनू और अनु हाथ पकड़कर, हँसते हुए मुझसे आगे भाग जाते हैं। मैं रुक जाती हूँ। जो भी हमारा इन्तजार कर रहा है, उसके लिए मेरे मन में कोई खास हवस नहीं है। उससे मिलने को लालायित होने की कोई तुक नहीं।

मेरा नया भैया बहुत ही नन्हा सा है, छोटे से सफेद बंडल जैसा, उसके नन्हे-नन्हे हाथ, नन्ही-नन्ही उगलियाँ और नन्हे-नन्हे नाखून हैं। हमें देखने के लिए वह आँखें खोलता है, उसकी काली आँखें चमकदार हैं, उनमें पानी की पर्त सी है। माँ खुशी से मुस्कुरा रही हैं और मेरी छोटी बहन, जिसकी तरफ कोई ध्यान नहीं दे रहा, पास खड़ी बिसूर रही है। कमरे में जॉनसंस बेबी पाउडर, डेटॉल और सरसों के तेल की मिली-जुली गन्ध फैली है।

एक मौसी काँसे के चमकते कटोरे में माँ के लिए हरीरा लाती है जिससे अजवायन, धनिए और घी की महक आ रही है। बादाम और पिश्ते की हवाइयाँ उस पर तैर रही हैं। माँ मुस्कुराकर कहती हैं कि हरीरा पीने का उनका मन नहीं है। ''पी ले, पी ले सब पी जा,'' कमरे में आकर मेरी बहन को उठाने के लिए झुकी नानी कहती है, ''इस दफा तो तुझे बेटे को दूध पिलाना है।'' माँ कोहनी के

सहारे उठती हैं। मैं उन्हें हल्का सा टहोका लगाती हूँ जिससे थोड़ा सा पेय छलक जाता है। मैं इन्तजार कर रही हूँ कि इस बदतमीजी के लिए मेरा कन्धा पकड़कर मुझे कमरे से बाहर ले जाया जाए।

"ये है मेरी लक्ष्मी बेटी," मेरी छोटी बहन को अपनी विराट छातियों में भींचती नानी कहती हैं, "यही लाई है अपनी पीठ पर भैया !" सब लोग और मुस्कुराते हैं। हमें बताया गया कि मेरे भैया के जन्म की खबर पाकर नानी और हीरादी ने मेरी बहन को बलि की बकरी की तरह चारों पैरों के बल खड़ा करके उसकी 'शुभ' पीठ पर गुड़ की भेली तोड़कर सबका मुँह मीठा करवाया था।

"अब तो तुम्हारा भी भैया हो गया," सब लोग खुश-खुश हमें बताते हैं, "अब यह तुम्हारी हिफाज़त करेगा, तुम्हारे बाबू का नाम चलाएगा।"

यह ज़रा सा बंडल हमारी हिफाज़त करेगा। मेरी और दीनू की हँसी छूट जाती है। बड़े लोगों को तो खुशी की छूत ही लग गई है।

दिन बीत रहा है। बीतते दिन की पीली सी रोशनी में माँ का चेहरा स्नेहिल और सौम्य एकदम नया-नकोर लग रहा है, मुस्कुराहट से छलकता। वह हम चारों को देखती मुस्कुराती बैठी है। "जब तुम्हारी बहन पैदा हुई तो टीनू ने मुझसे बस यही पूछा था--तुम रोई थीं ? और फिर खुद ही बुक्का फाड़कर रो पड़ी थी।"

"फिर तुमने क्या किया ?" दीनू पूछती है।

"बस, मैं भी रोई," माँ भोलेपन से कहती हैं और हँस पड़ती हैं।

सब लोग फिर से हँस पड़ते हैं। "खैर, मैं खुश हूँ कि अब इस सब झंझट से मेरी जान छूट गई," तुष्ट भाव से लेटती हुई माँ कहती है।

"श्श्श चलो, अपनी माँ को आराम कर लेने दो," नानी नर्मी से हमें बाहर ले जाती हुई कहती हैं।

हम करीब-करीब दरवाजे तक पहुँच गए कि माँ पूछती हैं कि हमने खाना खाया या नहीं। उनकी आँखें भूरी और गहरी हैं जैसे

वे हमें बता रही हों कि, कोई बात नहीं, मैं फिर भी तुम लोगों को प्यार करती रहूँगी। दीनू और मैं मुस्कुराते हुए, एक सुर में बोल उठते हैं, "हाँ, खा लिया।"

जबकि सच्चाई यह है कि हमने खाना नहीं खाया है।

पेटीकोट की बयार

रोज शाम को, ठीक तीन बजे, जोकर मोटर सड़क पर प्रकट होता है, उसके पीछे रीगल सिनेमा के ढोल-दमामेवाले होते हैं। जोकर चीख-चीखकर उस शाम दिखाई जानेवाली फिल्म और उसके सितारों के नाम कस्बे को बताता है। जोकर कस्बे का बौना भवान सिंह है, खड़िया पुते उसके चेहरे पर सिन्दूरी लाल रंग से गाल और होंठ बनाए गए हैं, 'पब्लिक इश्टी के लिये'', जैसेकि भवान सिंह कहता है। उसकी आवाज पतली, कनसुरी है और बीच-बीच में वह दमे के मारे की तरह हाँफता है : आज शाम को (हँफनी) साढ़े सात बजे (हँफनी) रीगल सिनेमा में (हँफनी) गाड़ी—सड्डुक-के (हँफनी) पा ऽ ऽ ऽ ऽ स्स (हँफनी) मैहैल-फिलम—दिखाई जाएगी (हँफनी) जीस्स्समें—हैं ऽ ऽ ऽ—अशोक कुमार (हँफनी) हस्सीन मधुबाल्ला

(हँफनी) और...फिर वह खलनायक, साइड हीरो, कॉमेडियन, संगीतकार, गीतकार...सबके नाम बताता है। हर नाम के बाद ढोल बजता है—कड़-कड़-धड़म ! !

ढोल हरिया बाजी बजाता है जिसके कानों में हिरण के सींग के बड़े-बड़े कुंडल पड़े हैं। हरिया, नाथ साधुओं के साथ अत्तर (गाँजा) का दम भी लगाता है। वह अक्सर अन्धे सूरे से कोई नंगा मजाक करता है, फिर वे सब ठहाका लगाकर हँसते हैं और आखिर खाँसते-खाँसते बेदम हो जाते हैं। मजाक ज्यादा ही रसभरा हो तो सूरा अपना त्रिशूल ठोकता है और हाय-हाय करता है। उसके त्रिशूल पर बँधी घंटियाँ देर तक खनकती रहती हैं।

नानी यूँ दिखाती हैं जैसे इस मस्ती से उन्हें बड़ी नफरत हो, वे इन लोगों को 'लभ के दंगल के दंगाई' कहती हैं। वे 'लभ' की बात यूँ करती हैं जैसे यह चीज बुड्ढे ग्रीनवुड कि रीगल सिनेमा के साथ छूत की तरह कस्बे में आई हो। वे कहती हैं कि मरे कमबखत सिनेमा के बनने से पहले बिनब्याहे छोकरे-छोकरियों को ऊटपटांग बातें नहीं सूझती थीं, वो जिसे उनके घरवाले ढूँढ लाते थे, उससे ब्याह कर लेते थे। नानी का कहना था कि जवान लोगों की अभिलाषा इतनी ही होनी चाहिए कि उन्हें अच्छा जीवनसाथी मिले और वे बड़ेबूढ़ों की सेवा करके पुन्न लूटें।

बिल्कुल ठीक, उनकी साथिन हीरादी कहती हैं। वह किसी ऋषिमुनि की बात करती हैं जिसने कहा था कि कलियुग में औरतें बिचित्तर किसम के बाल बनाया करेंगी, मर्द सुध-बुध खोकर उनके पीछे दौड़ा करेंगे और बड़े-बूढ़ों को कोई नहीं पूछेगा।

कलियुग ही था जो हमारे कस्बे में फिल्मी पत्रिकाएँ लाया जिनकी वजह से मर्दों और औरतों के बारे में कई रसीले किस्से (जिन्हें सुनने की कोशिश करने पर हमें घुड़का जाता था) फैले और जिन्होंने जवान लोगों के चित्तों को ऐसे विचारों से भर दिया कि बहुत जल्दी ही पूरा कस्बा प्रेम की महामारी की चपेट में आ गया।

सबसे पहले तो कस्बे के रिटायर्ड स्टेशन मास्टर के अकडू बेटे फिल्मी

हीरो की तरह बन-ठन कर निकलने लगे। हमारा एक नौकर आँखोंदेखी खबर लाया कि उसने उन भाइयों को थर्मामीटर पर अपने सिर के बाल लपेटकर फुग्गेदार बुलबुलें बनाते देखा है। इसके बाद तो उन भाइयों का नाम ही 'थर्मामीटर हीरो' पड़ गया और जब भी वे नीचे गली में से गुजरते तो हमारी मौसियों पर हँसी का दौरा पड़ जाता। लड़के इसे अपनी जुल्फों का असर मानते और लोटन कबूतर हुए जाते। आगे प्रेरित होकर उन्होंने कच्छे-बनियान में, आँगन में खड़े होकर शेव करना शुरू कर दिया। वे अपने शीशे धूप में यूँ रखते कि उनकी चौंध सीधे हमारी मौसियों के कढ़ाईवाले कमरे में पड़ती। मौसियाँ चिढ़कर बड़बड़ातीं और उनके गलों से हल्की चीखें निकलतीं।

आखिर हमारे एक पुराने चाकर खुशाल ने उन्हें उनकी औकात बताई। वह भरे बाजार में उनसे उलझ पड़ा, खूब गर्मागर्मी हुई। खुशाल ने थूककर कहा, "बुलबुलियाँ काढ़कर, फुग्गे फुलाकर लोग अपनी जात और औकात ही भूलने लगते हैं। अभी कल तक तो रेलवाई का कोयला चुराया, मक्कान में सब रेलवाई के गर्डर लगा रखे हैं। अजी और तो और, दीवारों में रेल के डिब्बे जैसे फट्टे लगाकर उन पर सोते ढैरे—मैंने अपनी आँखों से देख रखा—और सगने लेते हैं रईसों की बेटियों के—वो तो इन पर थूकें भी नहीं," स्टेशन मास्टर नन्दन ऐसे गायब हुए जैसे गधे के सिर से सींग।

हमारी नानी से कोई नहीं जीत सकता था।

'लभ' का नाम सुनते ही हीरा दी के कान खड़े हो जाते थे, 'अरी हिरुलि, हाय री मरी राँड !" हीरा दी का तकिया कलाम था। अगर किसी प्रेम प्रसंग की विस्तृत सूचना नानी को किसी और से मिलती तो वह माथा ठोककर अपनी तीखी आवाज में पुकार उठती, "अरी हिरुलि...!" और हम हँसते-हँसते लोटपोट हो जाते।

फिर तारू दा के साथ लभ ऐन हमारे ही घर में चला आया।

मैंने माँ को बताया कि मैं उनकी बहनों या हीरादी की बेटियों की तरह कढ़ाई नहीं कर सकती। माँ कहती हैं कि मैं पढ़ाई-वढ़ाई

ठीक-ठाक करूँ और कढ़ाई के बारे में ज्यादा चिन्ता न करूँ। मेरी जान में जान आती है। मैं माँ को रिपोर्ट कार्ड दिखाती हूँ, मैं क्लास में फर्स्ट आई हूँ। माँ खुश हैं, मैं भी। अब मुझे कढ़ाई नहीं करनी होगी। दीनू के नम्बर तो बहुत अच्छे नहीं आए पर वह पास हो गई हैं, साल बच गया। उसकी टीचर ने लिखकर भेजा है कि दीनू होशियार बच्ची है लेकिन उसका ध्यान आसानी से उखड़ जाता है। उसकी उमर ही ऐसी है, नानी उसाँस भरती हैं, "इस उमर में छोकरियाँ बछेरियों की तरह होती हैं, हर बखत कान खड़े किए, कुलाँच भरने को तैयार।" मेरी हँसी छूट जाती है, लेकिन शायद बात हँसने की नहीं है। नानी और माँ मुझे घूरकर देखती हैं और कमरे से चलता कर देती हैं।

"जल्दी आ," दीनू पुकारती है, "देख, लभ !" वह नीचे सड़क पर सफेद कपड़े पहने, सिर झुकाए चली जा रही मानसी की तरफ इशारा कर रही है। मानसी की लम्बी, दुबली बाँह में किताबें दबी हैं, उसके गोरे चेहरे पर उसकी भूरी, घुँघराली लटें बिखरी हैं।

मानसी उसका असली नाम नहीं है। यह नाम तो उसे हमारे तारू दा ने दिया है क्योंकि वे कहते हैं कि वह हमेशा उनके मानस में बसी रहती है। समझ गए न ? मौसियाँ तारू दा से कहती हैं कि ऐसी बातें कर-करके वे हम लोगों को जो यूँ ही खासे बिगड़े हुए हैं, और न बिगाड़ें। लेकिन मौसियाँ यह कहते हुए हँस रही हैं और इसीलिए हम भी ठिठाई से हँसते हैं और आवाजें देते हैं, "मानसी ! मानसी !" मौसियाँ हमें झूठ-मूठ ही घूरती हैं फिर मुड़कर तारू दा को देखकर आँखें मटकाती हैं जो सीने पर हाथ रखकर एकदम सूरे की तरह कहते हैं, "हाय ! हाय ! !"

तारू दा हमारी माँ के रिश्ते के भाई होते हैं। उनकी बीवी मर गई हैं और उनका एक छोटा सा बेटा है। नानी और मौसियों को वे बताते हैं कि उन्होंने दूसरी शादी कर ली होती लेकिन यही सोचकर रुक गए कि सौतेली माँ उनके बच्चे को जाने कैसे रखे। मौसियाँ उनसे सहमत होते-होते माँ को देखकर चुप रह जाती हैं। आखिर मेरी माँ,

उनकी बहन, भी तो सौतेली माँ है। है कि नहीं ? वे तारू दा की बात से सहमत होकर अपनी बहन से बेवफाई कैसे करें ?

"पराए बच्चे को पालना जैसे अपनी ही हथेली का मांस खाना हुआ, जो भी करो, दुःख ही दुःख," नानी कहती हैं। माँ मेरे बाल सुलझा रही हैं ! अचानक वे मुझ पर फट पड़ती हैं कि मैंने कबसे बाल नहीं धोए, वे खींच-खींचकर मेरे बाल सुलझाने लगती हैं। मैं खूब चीखती हूँ पर माँ मुझे छोड़ती नहीं। आखिर नानी मुझे छुटकारा दिलाकर मेरी चोटी गूँथती हैं। माँ कमरे से चली जाती हैं।

मुझे मालूम है कि अक्सर माँ बाथरूम में नल चलाकर खूब रोती हैं। वे समझती हैं कि इस तरह पानी बहने से कोई उनके रोने की आवाज नहीं सुनेगा। लेकिन मैं तो सुन पाती हूँ। मेरी आँखों में जलन होने लगती है और फिर मैं बाहर जाकर खूब दंगा करती हूँ ताकि मैं वह भयानक आवाज भूल जाऊँ जो बड़े लोग अपनी सिसकियाँ दबाते हुए निकालते हैं।

हर शाम, 'लभ दंगल के दंगाइयों' के जा चुकने के बाद साढ़े तीन बजे मानसी अपनी किताबें थामे गुजरती है। वह बालविधवा ब्राह्मणी है जिसके लिए शादी की बात सोचना भी पाप है। उसके शरीर पर गहने नहीं हैं। भोंडे-भोंडे लम्बी आस्तीनों के झोले जैसे ब्लाउज और बिना कलफ की सफेद धोती—यही पहनती है वह, वह लड़कियों के स्कूल में पढ़ाती है। तारू दा लड़कों के स्कूल में पढ़ाते हैं जो लड़कियों के स्कूल के बगल में ही है। वे मानसी से बहुत गहन प्रेम करते हैं। वे बार-बार उसका नाम लेते हैं लेकिन यह भी कहते हैं कि वे कभी ब्याह नहीं करेंगे। हमारे लिए यह सब बहुत परेशान और उदास कर देनेवाला है।

"यहाँ तो लभ की अत्ति ही हो रही है," एक मौसी शिकायत करती हैं, "इस लभ की वजह से ही तारू दा अपने बेटे को कुछ ज्यादा ही लाड़ करके बिगाड़ रहे हैं। ऐसा न होता तो वे किसी अच्छी-भली लड़की से ब्याह करके गृहस्थी बसा लेते।" इस चिड़चिड़ी मौसी ने भी कभी ब्याह न करने का प्रण किया है। वह

कहती है कि वह किसी लड़कियों के स्कूल में पढ़ाएगी और देश की सेवा करेगी। लेकिन मौसी की बात को कोई गम्भीरता से नहीं लेता, सब कहते हैं कि मौसी जैसी हूर का ब्याह होकर ही रहेगा। लेकिन शादी-ब्याह में रुचि न रखने के कारण लोग उनकी सुशीलता की तारीफ जरूर करते हैं। बस मेरी माँ हैं जिन्हें लगता है कि मौसी इतनी सुशील न होतीं तो अच्छा था।

''लड़कियों को समय रहते अच्छा पति पा लेना चाहिए।'' माँ।

''भगवान बचाए—तुम्हारे पास कहने को और कुछ नहीं है ?'' सुई को बर्छी की तरह काढ़ी जाती चादर में घोंपती मौसी।

''तुझे तो पता ही नहीं क्या हो गया है।'' माँ।

''क्या जरूरी है कि मैं शादी वगैरा करूँ और बच्चे वगैरा पैदा करूँ ?''

'बच्चे' मौसी यूँ कहती हैं जैसे वे पीप से भरे फोड़ों जैसी कोई चीज हों।

''बच्चे तो हर किसी के लिए जरूरी हैं।'' माँ।

''कोई जरूरी नहीं है। हम लोग क्या खरगोश हैं ? हमारी हैडमिस्ट्रेस को देखो, उन्हें तो पति या बच्चों की कोई जरूरत नहीं है। मजे में रहती हैं।'' मौसी।

''मुझे तो नहीं लगता कि वो मजे-वजे में हैं। तूने सुना नहीं उनके...अच्छा बाद में बताऊँगी जब और लोग (मैं) कान नहीं लगाए होंगे। पर मैं ये तो जरूर कहूँगी कि उससे जरा दूर ही रहना। कुछ यूँ ही हैं वो तेरी हैडमिस्ट्रेस।'' माँ।

''मुझे पता है जो तुम कह रही हो, लेकिन यह सब इस कस्बे के ओछे जलकुकड़े लोगों की फैलाई अफवाहें हैं।'' मौसी कमरे से निकल जाती हैं, उनकी आँखों में आँसू हैं।

माँ उन्हें अजीब से ढंग से देखती हैं। साफ पता चल रहा है कि उन्हें किसी चीज या किसी बात को लेकर दुःख हो रहा है, पर मैं समझ नहीं पा रही कि वे दुखी क्यों हो रही हैं ?

इसी बीच तारू दा कविता लिखने लगे हैं। रोज शाम को वे माँ और उनकी बहनों को अपनी ताज़ातरीन कविता सुनाते हैं। मैं शब्द तो समझ नहीं पाती लेकिन उनकी ध्वनियाँ मुझे बहुत भली लगती हैं।

कविताएँ एक तरफ रखने के बाद तारू दा कहते हैं कि उनकी तबीयत अच्छी नहीं है। वे बीमार से दिख रहे हैं। सब बेचारे कवि के लिए च्च च्च करती हैं जिसका ध्यान रखनेवाला कोई नहीं है। वे कहते हैं कि उन्हें चक्कर सा आता है और नींद भी ठीक से नहीं आती। वे बताते है कि उनके घर में उनकी बीवी का भूत आता है। माँ और उनकी बहनें एक-दूसरी को अजीब ढंग से देखती हैं।

बाद में, टुकड़ों-टुकड़ों में सुनी गई बड़े लोगों की बातों से हमें पता चलता है कि लोगों का कहना है कि अपनी बीवी से तारू दा का सलूक कुछ ठीक नहीं रहा था। हम कई लोगों को जानते हैं जिनके यहाँ किसी पर किसी मरे हुए की आत्मा आती है। फिर धामी बुलाया जाता है जो दुःख से भरे प्रेत को निकालने के लिए खास पूजा करता है। पहले डौंर-थाली बजाकर वह गीत सा गाते हुए प्रेत की तारीफ करता है, ''तुम तो घर की लक्ष्मी बहू थीं, है न ?'' वह पूछता है, ''तुम्हारे पुन्य से घर में उजियाला था।'' लेकिन जब प्रेत सिर हिला-हिलाकर अपनी तारीफ सुनने में मगन होने लगता है तो वह कड़क कर पूछता है, ''अब क्यों आई हो यहाँ ? क्या चाहिए ?'' तब भी प्रेत न जाए तो धामी जिस पर प्रेत आया होता है उसे चाँटे और चिमटे मारता है; प्रेत को बाहर निकालने के लिए उसे मिर्चों की धूनी सुँघाता है।

और सिर्फ बीवियाँ ही भूत बनकर लौटती हों ऐसा नहीं है। नानी कहती हैं कि अक्सर छोटे-छोटे बच्चों को छोड़कर मरी माएँ भी वापस आती हैं—अपने बच्चों को लेने के लिए। माँ की सबसे बड़ी बहन भी कम उम्र में ही दो छोटे-छोटे बच्चों को छोड़कर मर गई थीं। नानी कहती हैं कि जब वो बच्चे छोटे थे तो बरसों वे उन्हें अपने ही पास सुलाती थीं क्योंकि उन्हें महसूस होता था कि उनकी बेटी का प्रेत पैरों की तरफ खड़ा होकर रजाई खींचता है। उसकी दुखभरी आँखें बच्चों को अपने पास बुलाती हैं। पर नानी ने कभी

धामी को नहीं बुलवाया। "मैं अपनी ही बच्ची को कैसे घर से भगा देती," नानी कहती हैं।

तारू दा बताते हैं कि वे अपनी बीवी के प्रेत को हमेशा घर में मौजूद पाते हैं। उन्होंने एक भुतहे घर के बारे में एक कविता भी लिखी है। उसमें विस्तार से बताया गया है कि कैसे आधी रात को एक-एक करके प्रेत जागते हैं। पहले नूपुर की झंकार उभरती है, फिर सिल पर बट्टा स्वयमेव चलने लगता है, फिर अद्भुत सुगन्ध आती है, और फिर पलंग उलट कर प्रेत उत्पात शुरू कर देते हैं। यह मजेदार लेकिन कुछ उदासी से भरी कविता है और सुनाने के लिए एकदम उम्दा। हम चटपट उसे याद कर लेते हैं

इन्हीं दिनों नानी ने हमें एक आदमी की दुःख-भरी कहानी सुनाई जो एक आँछरी से प्रेम करने लगा था। आँछरियाँ परियाँ हैं जो झरनों के पास रहती हैं। वे कुँआरी लड़कियों या ऐसी नई बहुओं के शरीर में प्रवेश कर लेती हैं जिनके पति काम की तलाश में मैदानों की तरफ चले गए हैं। नानी बताती हैं कि मर्द उनसे चटपट प्रेम करने लगते हैं क्योंकि आँछरियों का रूप बहुत दिव्य होता है, लेकिन असल में तो वो कुछ भी नहीं होतीं, हवा की तरह, समझे न ? लेकिन बेवकूफ नौजवान फिर भी उन्हें चाहते हैं, इस हवा के पीछे वे खाना-पीना छोड़ देते हैं, सूखते चले जाते हैं और पीले पड़ते-पड़ते आखिर मर जाते हैं। तब आँछरियाँ उन्हें अपने लोक को ले जाती हैं। नानी की कहानी के खूबसूरत राजकुमार के साथ यही हुआ।

"क्या तारू दा भी मर जाएँगे ?" हम में से किसी ने पूछा।

नानी अपनी हरी कुर्सी पर बैठी हैं, उनका बिलौटा डरू उनके पैरों के पास बैठा है। "शिव, शिव ये बच्चे भी कैसी-कैसी बातें करते हैं," वे माँ से कहती हैं जो पास ही बैठी हमारे भैय्या को दूध पिला रही हैं। माँ उनसे सहमत होती हैं, "यह सब तारू दा की बातों का असर है।"

"हुँह्," नानी कहती हैं, "औरत के लिए मरा जा रहा है जैसे मरने के लिए उससे बेहतर चीजें बची ही नहीं। इन मर्दुओं को दूध

पिलाओ, गुलामों की तरह एक टाँग पर खड़े रहकर इनकी चाकरी बजाओ, खिला-पिलाकर छै-छै फुट का कर दो, और फिर फर-फर-फर पेटिकोट की बयार जहाँ लगी और ये छू-मन्तर हुए,'' उन्होंने चुटकी बजाई ''यूँ !''

माँ खिलखिलाती हैं।

''और तू क्या हँस रही है री,'' नानी उनसे कहती हैं, ''याद रख तू भी बेटा पाल रही है।''

यात्रा

"ककुआ हो !" दिल चीर देनेवाली रुलाई फिर आई।

उस अँधेरी बोगी में हग छः लोग सिकुड़-सिकुड़ाकर बैठे थे। हम इन्तजार कर रहे थे कि हमारा डिब्बा रेल से जुड़े, रोशनी आए, भुतहे-डरावने आकार फिर से मनुष्यों का आश्वस्त करने वाला आकार ले लें। हम सब डरे हुए थे। माँ तक डरी थीं।

बाहर काफी ठंड थी। आकाश पर बादल छाए थे और गोरखपुर के, जिससे हममें से कोई भी परिचित नहीं था, टिकट खरीद लेने के बाद माँ के पास पैसे करीब-करीब खत्म ही हो गए थे।

"ककुआ हो !" इस बार आवाज हमारे ही डिब्बे के बाहर से आई। हमारे नौकर मोहन ने टॉर्च जलाई लेकिन हमारे पैसों की तरह उसकी बैटरियाँ भी आखिरी साँसें ले रही थीं। हमें कुछ नहीं

दिखा और हम फिर से इंजन का इन्तजार करने लगे। खोए हुए लड़के की रुआँसी पुकार दूर जाते-जाते, आसपास की फुसफुसाहटों में बिला गई। सब चुप बैठे थे।

"हे राम !" हमारे छोटे से भैया के बाल ठीक करती माँ फुसफसाईं, अँधेरा लोगों पर कैसे अजीब-अजीब असर डालता है।

दीनू अपनी बाँह मेरे कन्धे पर रख देती है। हम दोनों उनींदे से इन्तजार करते रहे।

गडगड...उहूक...खलैंग...एक थरथराहट और चीख के साथ हम इंजन से जुड़ गए हैं। फिर बत्तिया जल गईं, शुरू में रोशनी मद्धम थी पर फिर डिब्बा रोशनी से भर गया। पहले हमें भूख लगी थी, लेकिन हमें पता था कि डाइनिंग कार से खाना मँगवाने के लिए माँ के पास पैसे नहीं हैं इसलिए हमने पूरी कोशिश की कि खाना न माँगें। अब रोशनी होने के बाद हमें महसूस होता है कि माँ कुछ चैन से हैं, अब हम रह नहीं पाते। पहले दीनू रिरियाती है, फिर मैं। ट्रेन स्टेशन से बाहर निकल रही है, हमारे पास पकोड़ों से भरे दो दोने हैं जिन्हें हम अगले आधे घंटे तक स्वाद ले-लेकर खाते हैं। फिर हम सरसों के तेल की गन्ध से महकती एक चिकनी नींद में खो जाते हैं।

यह दिसम्बर का महीना था, हम जाड़े की छुट्टियों में गुनगुने, धूप भरे मैदानों में मामा के घर जा रहे थे। माँ पहाड़ के ठिठुरा देनेवाले उदास जाड़े से दूर जाना चाहती थीं।

बाबू ने हमेशा की तरह आँखें सिकोड़कर 'ना' कह दिया था। वे नहीं चाहते थे कि हम जाएँ। उनका कहना था कि इस साल न तो मामा ने, न मामी और न ही जाड़ा उनके पास बिता रही नानी ने माँ को बुलवाया था इसलिए माँ का अपनी पलटन लेकर वहाँ जा धमकना बिल्कुल ही ठीक नहीं है।

"ऐसी तो कोई बात नहीं है !"

हम फौरन जान गए थे कि माँ को यह बात पसन्द नहीं आई, इसका तो यही मतलब था कि उनकी अपनी माँ और अपना भाई उन्हें बुलाना नहीं चाहते, और यह कि वे बाहरी जीव और सबसे

बड़ी बात तो यह कि उनके ढेर सारे बच्चे हैं।

माँ ने कहा कि उनके नानी के पास पहुँचने की देर है बस सब साफ हो जाएगा, आखिर अपना खून अपना ही होता है, पर जिनकी अपनी बहनें न हों वे क्या जानेंगे कि बहन-भाई का बन्धन कैसा अटूट होता है। उन्हें अच्छी तरह मालूम है कि उन सबको माँ की बहुत याद आ रही है और टेलिग्राम मिलने पर हमें लिवा लाने स्टेशन पर कोई पहुँचा होगा। चिट्ठियाँ तो डाक में खोती ही रहती हैं, अखबारों में आए दिन डाकियों के चिट्ठियाँ जला देने या उन्हें कुओं में डाल देने के किस्से छपते हैं कि नहीं ? उन्हें अच्छी तरह पता था कि वह चिट्ठी जिसमें उनसे बच्चों के स्कूल बन्द होते ही चले आने का इसरार किया गया था, डाक में कहीं घूम रही है। अब अगर चिट्ठी यहाँ नहीं पहुँची तो इसमें माँ के परिवार की क्या गलती ?

लेकिन बात बनी नहीं।

बाबू अपनी बात पर अड़े रहे।

अब माँ ने एक पुरानी चिट्ठी निकाली जिसमें नानी ने लिखा था कि उनका बहुत जी करता है कि हम सब जाड़े में उनके पास हों लेकिन पक्की खबर वे कुछ दिन बाद देंगी।

फिर भी बात नहीं बनीं।

बाबू को लग रहा था कि असल में नानी माँ को इशारा कर रही थीं कि वे मायके न आएँ, लेकिन फिर भी अगर माँ चली ही गईं तो इससे सभी को खासी परेशानी होगी।

"लेकिन माँ ने तो इतने प्यार से लिखा है !" माँ रुआँसी हो आई थीं पर अपनी जिद पर अडिग थीं। उन्हें बस पता था कि उनकी याद में उनकी माँ घुल रही हैं, और एक बार हम वहाँ पहुँच-भर जाएँ फिर तो तय है कि हमारी छुट्टियाँ शानदार ढंग से मनेंगी।

बाबू पर इस सबका कोई असर न हुआ। वे अपनी ऐतिहासिक गुस्से भरी चुप्पी में जा बैठे थे।

इस बार जाड़ा बुरा पड़ रहा था। टूरिस्ट सीजन बीत जाने पर छोटे पहाड़ी कस्बों में रोजगार हमेशा कम हो जाता है। जाड़ा

आता है तो मिजाज बिगड़ने लगते हैं। खाली पड़े मकानों में आगजनी और यहाँ तक कि कत्ल का भी एक मामला हो चुका था, दिनदहाड़े बाजारू औरतें और शराबी सड़कों पर फिरते, उनकी नशे में डूबी आँखों और चोर-सी चाल को देखकर ही समझ में आ जाता था कि उनके इरादे नेक नहीं हैं। मालिकों के मैदानी इलाकों में लौट जाने के बाद नौकरों में अक्सर मारपीट होती और धींगामस्ती का माहौल बना रहता।

"छिः छिः ! बंगलों में पागलपन के दिन आ गए" माँ कहतीं। हमारे सामनेवाले मकान के सर्वेंट्स क्वार्टर में रहनेवाले मेहतरों ने पिद्दा नाम के उस सूअर को काट डाला था जिसे वे कई महीनों से मोटा कर रहे थे। कस्बे के सब मेहतरों को दावत दी गई, देसी दारू की बोतलें खुलीं और जोर-जोर से फूहड़ गीत गाए गए। साहब लोगों के मैदानों की तरफ चले जाने के बाद बंगलों के रखवाले बौरा जाते थे। फिर कस्बा बाजारू औरतों और शराबियों के ही लायक रह जाता। सयानी होती बेटियों को लेकर माँ वहाँ कैसे रह सकती थीं ?

मालिशवाली सरुलि, रसोइया, माली, और तो और डाकिया तक माँ से एकदम सहमत थे।

इसके बाद जल्दी ही, बाबू दौरे पर चले गए, शायद जाड़ों में माँ को जबर्दस्ती पहाड़ में रोके रखने के अपराधबोध की वजह से वे उन्हें घर खर्च के लिए काफी पैसे दे गए। माँ को इसी मौके का इन्तजार था—घर को ताला लगाकर, नौकरों को हिदायतें देकर, चाभियाँ पड़ोस में छोड़कर वे हमें लेकर फुर्र हो जाने को एकदम तैयार थीं। यह सब माँ ने ऐसी तेजी और कुशलता से किया कि मैं और दीनू मुँहबाए रह गए।

हम जिस दिन नैनीताल से निकले उससे पहले दिन ही एक बस खड्ड में गिरी थी, कस्बे में अफवाह थी कि कई लोग मारे गए। कहा जा रहा था कि कुछ ही लोग बच पाए जिनमें एक 6 महीने का बच्चा भी था जो अपनी मुर्दा माँ की बाँहों में हँस रहा था। उस दिन धुन्ध थी और स्लीट भी गिर रही थी, शायद इसी वजह

से बस फिसल गई थी।

घूम घुमावदार सड़क पर बस एक के बाद एक मोड़ पार कर रही थी और माँ शानदार मूड में थीं। जब ड्राइवर ने उस जगह पर बस धीमी की जहाँ पिछले ही दिन बस खड्ड में जा पड़ी थी, तब माँ हँस रही थीं, बस टूटी माचिस की तरह खड्ड में पड़ी थी, जहाँ से वह फेंस को तोड़ती हुई लुढ़की थी। वह जगह अब भी वैसे ही थी। हम लोग जरा काँपे तो सही लेकिन हमारे जोश में कोई कमी नहीं आई।

उस बर्फीली लेकिन साफ़ सुबह में धरती बहुत चमकीली, बहुत प्यारी लग रही थी, उसमें मौत और तबाही के लिए जगह नहीं हो सकती थी।

काठगोदाम पहुँचकर माँ ने स्टेशनमास्टर से बात करके हम सबके लिए आरामदेह बर्थों का जुगाड़ कर लिया, हालाँकि हम सब बारह साल से छोटे थे (यह सच नहीं था) और आधे टिकट पर सफर कर रहे थे। उनका मूड बहुत खुशगवार था और जब हमारे ढीठ नौकर ने रेलवे लाइन के किनारे बैठकर हगते हुए गाजर खाते बूढ़े पर टॉर्च चमकाई तो वे खूब हँसी थीं।

ट्रेन चलने से जरा पहले बाजपुरियाजी डिब्बे में आए। वे बहुत बूढ़े, कुछ लम्बे थे और उनकी चाल में हल्की लँगड़ाहट थी। वह दीनू के और मेरे एकदम पास खड़े हो गए, उनके कानों से बालों के गुच्छे झाँक रहे थे, उनसे लहसुन और पसीने की बू आ रही थी। "बहुत प्यारी बच्चियाँ हैं," उन्होंने माँ से कहा, उनका डैंचर ढीला था और 'प्यारी' को वे 'प्याड़ी' कह रहे थे। इस पर हमें हँसी आ गई। माँ ने सिर्फ उन्हें घूरकर देखा, कहा कुछ नहीं। मैं समझ रही थी कि उन्हें बाजपुरियाजी का हमें छूना बहुत नागवार गुजरा है।

जब हमारी ट्रेन अगले स्टेशन पर रुकी तो बारिश आ रही थी, लगातार घूरे जाने से हकबकाए बाजपुरियाजी ट्रेन की रफ्तार धीमी होते ही अपना सामान सम्हालने लगे थे। दो बार वे अपने बड़े-बड़े थैले लेने के लिए हाँफते, उस कुली से बहस करते लौटे थे जो जोर-शोर से बाँहें हिला-हिलाकर यह जाहिर कर रहा था कि

उसे मिले पैसे बहुत कम हैं। फिर बाजपुरियाजी ने कुछ और पैसे दिए जो कुली ने ले लिए। इसके बाद बाजपुरियाजी गायब हो गए।

अब पूरा-का-पूरा डिब्बा हमारा था।

ट्रेन के चलते ही माँ खिलखिला उठीं। वीरान प्लेटफॉर्म पर एक देहाती परिवार बैठा था। सबके सब मुँह बाए–आँखें फाड़े। "देखो जरा, इन मूर्खों को देखो तो सही। भगवान का शुक्र है हम सब जा रहे हैं," माँ अपने बैग में कुछ टटोल रही थीं, "कल सुबह हम गोरखपुर पहुँच जाएँगे।" और अगर किस्मत ने साथ दिया, जो कि माँ मानती थीं कि देगी ही, हमें नानी के घर की सीधी बस मिल जाएगी। और जब हम यूँ बिना खबर दिए पहुँच जाएँगे तो हमारी होशियारी पर नानी कितनी दंग हो जाएँगी !

दीनू का और मेरा ख्याल कुछ अलग था। हमें मालूम था कि जब माँ कल्पना की उड़ान भर रही हों तब उनको टोकना नहीं चाहिए।

आखिर मैं बोल उठी, "और पैसे ? पैसे कहाँ से आएँगे ?" दीनू ने घूरकर मुझे देखा लेकिन मैं रुक नहीं पा रही थी। अब हम पर पैसे की चिन्ता सवार थी। पानी की तरह पैसा बहाती है तुम्हारी माँ, पानी की तरह ! अगले दिन की तो उसे चिन्ता ही नहीं होती, मुझे बाबू की बात याद आती है।

मान लो कि हम गोरखपुर पहुँच गए जहाँ हम में से कोई भी पहले कभी नहीं गया है, और मान लो कि बस निकल चुकी हो और हमें नानी के यहाँ पहुँचने के लिए कई दिन इन्तजार करना पड़े, तब हम क्या करेंगे ? कहाँ जाएँगे हम ?

"मछली या कलिया ? दोपहर में क्या खाओगे ?"

"माँ ?"

"नानी जरूर पूछेंगी तुम से। उन्हें पता है कि निरामिष खाना हमें कितना बेकार लगता है। और तुम्हारे बाबू की वजह से..."

"माँ, पैसे का क्या इन्तजाम रहेगा ?"

"पानी," माँ सुराही की तरफ इशारा करती हैं, "तुम्हारे भैया को पानी चाहिए।" दीनू ने सम्हालकर गिलास में पानी डाला। उसने

मुझे आँखें दिखाईं कि मैं और न बोलूँ।

"और तुम्हारा मामा तो पक्का निशानेबाज है। हो सकता है कि उसने अपने मुसलमान चपरासी के यहाँ भुने तीतर तैयार करवाए हों। मेरे तो मुँह में पानी आ रहा है।"

"माँ !" उन्हें पानी का गिलास पकड़ाती दीनू भी कहे बिना न रह पाई, "टीनू कुछ कह रही है। पैसे के बारे में।"

"तुम मामा के साथ शिकार पर भी जा सकती हो, लेकिन तुम्हें बहुत होशियारी से जाना होगा। जंगल के जानवर जरा सी आवाज से चौंक जाते हैं।"

हम समझ जाते हैं कि इस समय माँ से पैसे की बात करने का कोई फायदा नहीं है। वह तो स्कूल से भागे हुए बच्चे की तरह हैं। "तुम्हारे बाबू घर लौटकर जब हमें किसी को नहीं पाएँगे तो कितने हैरान रह जाएँगे ?" माँ मुस्कुराती हैं।

गोरखपुर।

स्टेशनमास्टर के केबिन का इकलौता फोन काम नहीं कर रहा। हम मामा के यहाँ फोन करके किसी जिम्मेदार ड्राइवर के साथ हमें लेने को कार भेजने को नहीं कह सकते। किसी को नहीं पता कि रेलवे स्टेशन से बस अड्डे तक पहुँचाने के ताँगेवाला कितने पैसे लेगा।

दीनू और मैं लोगों से पूछते फिर रहे हैं और लोग हमें अजीब ढंग से, कुछ शक की निगाह से देख रहे हैं। यह सोचकर कि शायद वे यह समझ रहे हैं कि हम किराए के लिए पैसे माँग रहे हैं, मैं अन्दर-ही-अन्दर सिकुड़ जाती हूँ। मैं उनका शक खत्म करना और अपने सवालों के सीधे जवाब पाना चाहती हूँ, पर मुझे समझ नहीं आता कि कैसे करूँ। मैं समझ रही हूँ कि दीनू भी यह नहीं जानती। माँ हमारे नौकर मोहन के साथ ट्रंक पर बैठी हैं जो हमारे भैया को पटरियाँ, सिग्नल और दीवारों पर लिखे इश्तहार तक दिखाकर बहला रहा है। हम उनके पास लौटना चाहते हैं लेकिन जब भी हमारी निगाहें मिलती हैं, माँ आँखों ही आँखों में पूछती है, "बस का किराया

पता चला ?"

इसलिए सहारे के लिए एक-दूसरे का हाथ थामे-थामे, मैं और दीनू घूम-घूमकर लोगों से पूछते ही रहते हैं।

शहर भर की दीवारों पर इश्तहार लिखे हैं। ताँगा गड्ढों से भरी ऊबड़-खाबड़ सड़क पर बस अड्डे की तरफ चला जा रहा है और स्टेशन के सौ गज़ बाहर आते ही इश्तहार शुरू हो जाते हैं—मर्दाना कमजोरी, बच्चों का सूखा रोग, कान और दाँतों के दर्द शर्तिया दूर करने के इश्तहार।

हम माँ से पूछते हैं कि मर्दाना कमजोरी क्या होती है, माँ बहुत थकी हैं और उनकी आँखें चीखती हैं, "चुप हो जाओ।" हम चुप हो जाते हैं। लेकिन हमारी आँखें पलस्तर झड़ी दीवारों पर लिखे अजीब-अजीब बीमारियों के नामों पर गड़ी हैं। चारों तरफ गर्द और बदबू है और यह सब एक लुभानेवाले ढंग से डरावना है। सभी गलियों में मुर्झाई जंगली घासों और पेशाब की गन्ध आ रही है।

"आप कहाँ से चली आ रही हैं बहिनी ?" ताँगेवाला माँ से पूछता है। मेरी आँखें नींद से भर रही थीं लेकिन मैं चौकन्नी हो गई। अब तक माँ के पास खूबसूरत पहाड़ों की गोद में हमारे घर और अपने भाई के घर जो पुलिस का बहुत बड़ा साहब है और जिसके बंगले पर इतनी गारद रहती है जितनी थाने में न हो, हर साल आने के बारे में अपना बयान तैयार है।

ताँगेवाला टिचकारी भरकर अपने मरियल घोड़े को तेज चलने को उकसाता है। शायद इस सब खबर से वह हैरान है। शायद अब तक हम लोग इतने परेशानहाल लगने लगे हैं कि कहीं से बहुत बड़े साहब के रिश्तदार नहीं लग रहे।

"आपके शहर का क्या नाम है ?"

"नैनीताल।"

नैनीताल बहुत दूर है, हलद्वानी की तराई और ज्यूलीकोट की पहाड़ियों से आगे, बीरभट्टी के झूले के पुल से भी आगे, तिब्बत की सरहद के पास। वहाँ हर जाड़े में बर्फ गिरती है।

माँ यह सब ताँगेवाले को बताती हैं जो कहता है कि उसने बर्फ सिर्फ सनीमा में देखी है और वो ऐसी लगती है जैसे साबुन का झाग हो, जैसे लाखों सफेद टिड्डे पर्दे पर आ गिरे हों।

"आप भागमान लोग हैं," वह कहता है, "यहाँ तो बस धूल है, मक्खियाँ हैं और गर्मी है।" वह कहता है कि हम सोच भी नहीं सकते कि यहाँ इस बार कितनी गर्मी पड़ी। रात को पानी ठंडा करने के लिए उसे बर्फ खरीदनी पड़ी। वह फिर से कहता है कि हम भागमान हैं जिनके यहाँ इतनी बर्फ पड़ती है।

इस वक्त हमें बिल्कुल नहीं लग रहा कि हम ज़रा भी भाग्यवान हैं। खाने की गन्ध हवा में समाई है, मेरा मन खाना खाने का है। मैं सोना भी चाहती हूँ लेकिन मुझे पता है कि इस वक्त माँ को तंग नहीं करना चाहिए। हमें पता है कि वह और भी कई चीजों को लेकर परेशान हैं। माँ दोनों छोटे बच्चों के साथ व्यस्त हो जाती हैं जो सचमुच थके और चिड़चिड़े हैं। मुझे डर लगता है कि माँ की बातों से ताँगेवाले के मन में हमारे लिए जो इज्जत बनी है वह कहीं खत्म न हो जाए।

मैं दीनू की तरफ देखती हूँ। एक उनींदी सी एकजुटता में बँधे हम, मैदानों और मामा की तरफदारी में जुट जाते हैं। मैं बातूनी ताँगेवाले को बताती हूँ कि हमारे मामा के बँगले में हरदम चार-चार जीपें खड़ी रहती हैं और उनकी गारद किसी के गेट पर पहुँचते ही ललकारती है, "हाल्ट, कौन आता है ?" और उनके पास सचमुच की बन्दूकें हैं।

हम देख रहे हैं कि वह प्रभावित हो रहा है। मैं मामा के फ्रिज और घर की बनी आइसक्रीम का बखान करती हूँ, वह कहता है कि सब पैसे की माया है, फिर वह अपने घोड़े को कोसता है। मुझे अब्दुल्ला की याद आती है, उसके मिजाज का भी यूँ ही ठिकाना नहीं रहता था।

आखिर हम बस अड्डा पहुँच गए। बस सवारियों का इन्तजार कर रही है। ताँगेवाला हमारा सामान कुलियों को पकड़ाता है ताकि वे उसे बस की छत पर जमा दें, "अरे देखो, बहिनी और उनके

बच्चा लोग को एकदम बढ़िया सीट दिलाना,'' ताँगेवाले की बोली में पूरब की खनक है। फिर वह हाथ जोड़कर, कि उन्होंने उसके टूटे-फूटे ताँगे की शोभा बढ़ाई, माँ का शुक्रिया अदा करता है कि पैसे की तंगी के बावजूद माँ ने उसे अच्छी बख्शीश दी है। लेकिन ऐसा करना जरूरी था। हम लोगों के बीच दोस्ती, अपनी हदें अच्छी तरह समझ लेने के बाद ही हो सकती थी। अब माँ उसे पक्की ब्राह्मणी की तरह आशीर्वाद दे सकती हैं।

''खुश रहो !'' माँ कुछ रौब से कहती हैं। यह इतना बेढब लगता है कि मैं और दीनू हँस पड़ते हैं। पहले तो माँ हमें घूरकर देखती हैं लेकिन ताँगेवाले के जाने के बाद वह भी मुस्कुराने लगती हैं—वह बात समझ गई हैं।

माँ को गले लगाती, भैया को चूमती नानी ने पहली बात जो कही वह थी—''एक फोन तो कर दिया होता,'' नानी खोई-खोई सी लग रही हैं। वे एक चपड़ासी से कहती हैं कि वह अन्दर से लाकर ताँगेवाले को किराया दे दे। ताँगेवाला इतने सारे हट्टे-कट्टे सिपाहियों को देखकर घबराया सा लगता है और पैसे लेकर जैसे जान सी बचाकर चला जाता है।

माँ खीझी सी कहती हैं कि गोरखपुर में फोन डैड था, यहाँ तक आने के लिए हमें ताँगा ढूँढना पड़ा, पता नहीं क्यों ताँगेवाले पुलिस अफसर के घर के नाम से ही बिदकते हैं। माँ की आवाज काँप रही है।

अपनी आदत के उल्टे इस पर नानी कुछ नहीं कहतीं बस हमें अन्दर चलने का इशारा करती हैं। अजीब बात है। अब तक दोनों बच्चे बिसूरने लगे हैं और माँ का मूड बहुत खराब है।

''नानी का घर आ गया ? नानी का घर आ गया ?'' मेरी छोटी बहन पूरे रास्ते पूछती रही थी। माँ उसे बताती रही थीं कि बस आने ही वाला है नानी का घर और वहाँ पहुँचते ही सब परेशानी उड़नछू हो जाएगी। उन्होंने हमें उस शानदार स्वागत के बारे में बताया था जो हमारा नानी के यहाँ होना था और गर्मागर्म लजीज

खाने के बारे में भी।

लेकिन यहाँ तो सिर्फ नानी ही हमें लेने बाहर आईं। थोड़ी देर बाद बहुत चुप-चुप और सहमे से, अनु और शुभा भी आए।

हमें पता चलता है कि मामा, जिनका यह घर है, बहुत बीमार हैं।

घर के अन्दर आते हुए मुझे अचानक बहुत शर्मिन्दगी महसूस होती है। बाबू को, जिन्होंने पहले ही कह दिया था कि हम आफत में फँस जाएँगे, धोखा देने की शर्म; माँ के यूँ हमें इस सफर पर लाने का विरोध न करने की शर्म; ताँगेवाले से बढ़-चढ़कर अपने खानदान की बातें करने की शर्म।

यह घर हमारे लिए पलक-पाँवड़े नहीं बिछाए था, और वे पहाड़ और वह बर्फ जिसकी बातें हमने ताँगेवाले को बताई थीं, वह भी ज्यादातर मनगढ़न्त ही थे। वैसे तो एक तरह से हमारी बातें सही ही थीं लेकिन उनमें हम पहाड़ियों की आनबान कहीं नहीं थी, तिब्बत के पठार से आनेवाली बर्फीली हवाओं के सामने हमारी लाचारी की बात नहीं थी; न कहीं उन नानी की बात थी जिनके चेहरे पर साफ लिखा था कि हमारे आने से उन्हें खुशी नहीं हुई।

कुछ पीछे छूटा रह गया था। कुछ था जो अनकहा रह गया। कुछ रह-रहकर चुभ रहा था गले में, मछली के महीन काँटे की तरह।

अगले दिन एक पहचानी बोली बोलती आवाज़ों से हमारी सुबह होती है।

नानी, माँ और मौसियाँ बातें कर रही हैं। हमारे मामा बहुत बीमार हैं। नानी बताती हैं कि मामा का इलाज इस शहर के अस्पताल में नहीं हो पाया। उन्हें गोरखपुर ले जाना पड़ा था जहाँ हमारी एक मौसी के पति बड़े अस्पताल में सबसे बड़े अफसर हैं। सफर और दवाओं में बहुत खर्च हो गया था। अब भी डॉक्टर मामा को बिस्तर पर ही आराम करने की राय दे रहे हैं, मामा को, जिन पर घर की तमाम जिम्मेदारियाँ हैं।

सब दबी-दबी आवाज में बात करते हैं, बीच-बीच में कोई

आँसू भी पोंछ लेता है। हम लोग पूरी कोशिश करते हैं कि बड़े लोगों के रास्ते में न पड़ें, बड़े लोग भी ऐसा दिखाते हैं जैसे हम लोग आसपास कहीं नहीं हैं। रात को मैं और दीनू साथ ही सोते हैं, बेगाने शहर में शरणार्थियों की तरह। घर में चारपाइयों और बिस्तरों की कमी है। खाने की कोई कमी नहीं है लेकिन मामा के ठीक होने की मन्नत करने के लिए सब लोग हफ्ते में कई बार उपवास करते हैं, इसलिए कोई चीज दोबारा माँगते हमें शर्म आती है।

कराहट और सुबकी की आवाज से हमारी नींद टूटती रहती है।

उनकी हालत खराब दिखती है।

पिछले हफ्ते से तो बहुत बेहतर दिख रहे हैं।

लेकिन इससे तो कोई उम्मीद नहीं बँधती।

इस बारे में बात मत करो।

हाय माँ !

आजकल नानी के पास हमें कहानी सुनाने का वक्त नहीं रहता, अनु और शुभा तक को वे कहानी नहीं सुना पातीं। हमारे सवालों के जवाब, हाँ-हूँ में टालकर अक्सर वे गुमसुम बैठी रहती हैं। अनु और शुभा की बहन को वे कूल्हे पर लादे रहती हैं। बच्ची को काली खाँसी हो गई थी, वह कमजोर और चिड़चिड़ी है और खाँस-खाँसकर अपनी माँ को परेशान कर देती है। मामी बदहवास सी घूमती हैं।

नहीं, इस दफा तो हम गलत ही आए। दीनू भी यह बात मानती है। उसने मुझे बताया है कि उसने खुद अपने कानों से अनु को यह कहते सुना है कि उसका जी करता है कि किन्हीं छुट्टियों में तो वे चैन से रह पाएँ। छुट्टियाँ शुरू होते ही चार-चार बच्चों को लेकर आ धमकनेवाली बुआओं से वह तंग आ चुका है।

किसी ने भी अनु से यह नहीं कहा था कि वह बदतमीजी कर रहा है, नानी ने भी नहीं।

मामा सारा दिन बिस्तर पर पड़े रहते हैं। उनके कमरे में

दवाओं और डेटॉल की गन्ध भरी रहती है। हमारे लहीम-शहीम मामा एकदम ढाँचा रह गए हैं। रोज सुबह अस्पताल का कम्पाउंडर इंजैक्शन लगाने आता है। बन्द दरवाजे के पीछे से भी हम मामा की कराह सुन पाते हैं ! ''हाय माँ !'' नानी बिना आवाज किए रोती हैं।

मामा हमें देखते हैं, लगता है जैसे वे हमसे बात करना चाहते हैं, वे मुस्कुराते भी हैं। लेकिन हम समझते हैं कि उनके लिए बात करना भी मुश्किल है। शायद किसी दिन वे ठीक हो जाएँगे, मैं दीनू से कहती हूँ, वह मुझे अजीब ढंग से देखती है।

रोज दोपहर को माँ, मुझे और दीनू को होमवर्क करवाती हैं, इस पर मौसियाँ नाक-भौं सिकोड़ती हैं, उन्हें लगता है कि किताबों में आँखें गड़ाए बैठे रहना, लड़कियों के लिए खासतौर पर बेवकूफी की बात है। वे कहती हैं कि छुट्टियों में तो कोई बच्चों के पीछे होमवर्क के लिए नहीं पड़ता। नानी को भी लगता है कि इसका असर हमारी आँखों पर पड़ेगा और हमें चश्मा लग जाएगा। ''पता है न चश्मा लगानेवाली लड़कियों की शादी में कितनी दिक्कत होती है,'' वह कहती हैं, लेकिन इस बार किसी का भी मन हमें खिझाने का है नहीं।

मैं समझ पा रही हूँ कि मन-ही-मन माँ को इस बात की खुशी है कि उनके पास हमारा होमवर्क करवाने की आड़ है।

''हम यहाँ कर क्या रहे हैं ?'' मैं दीनू से पूछती हूँ। हम एक तंग कामचलाऊ खाट पर साथ-साथ लेटी हैं। दीनू कहती है कि वह खुद भी अपने आप से यही पूछ रही थी। उसने नानी को माँ को यह राय देते सुना था कि उन्हें जल्दी ही अपने घर लौट जाना चाहिए। बच्चों के बिना बाबू का जी उचाट हो रहा होगा और फिर उनका खाना कौन बना रहा होगा ?

''माँ ने क्या कहा ?''

''उन्होंने कहा कि वे पहाड़ में ऊब रही थीं, और हम बच्चे भी परेशान हो रहे थे।''

"नहीं, हम तो परेशान नहीं थे।"

दीनू कुछ देर तक मुझे एकटक देखती रहती है। फिर वह मुझे बताती है कि दिन में, मामी ने उससे कहा था कि हम दोनों में से माँ मुझे ही ज्यादा मानती हैं, यह एकदम साफ पता चलता है। लेकिन खुद मामी का खयाल है कि हम दोनों में से दीनू है जो समझदार है, और मैं, बिगड़ैल हूँ। मामी अक्सर अपने कपड़े या कमरा सम्हलवाने में मदद के लिए दीनू को चुनती थीं पर मैं नहीं समझती थी कि वह ऐसा इसलिए करती हैं ताकि अकेले में दीनू से बात कर सकें। दीनू मुझे बताती है कि मामी ने उसे समझाया था, "तुमने सुना नहीं, तुम्हें पुकारते हुए तुम्हारी माँ हमेशा कहती है—टीनू-दीनू ? तुम बड़ी हो पर वह कभी तुम्हारा नाम पहले नहीं लेतीं। हमेशा अपनी ही बेटी का नाम लेती हैं पहले—टीनू-दीनू।"

दीनू मेरे पास सरकती है, उसके बालों से खुशबू आ रही है।

मामी क्या यह समझती हैं कि मेरे कारण ही माँ इस बेवक़ूफ़ी भरे सफर पर निकलीं ? मैं दीवार की तरफ मुँह फेर लेती हूँ। दीनू से होकर मामी की नफरत खुकरी की तरह बेआवाज़ मुझमें समा रही है। मैं देख पा रही हूँ कि माँ पहाड़ की बेरहम सर्दी से परे, इस बीमारी से परे जिसमें उनका कोई हाथ नहीं है, शान्ति के लिए कैसे हुड़क रही थीं। पर मैं यह दीनू को नहीं समझा सकती। मेरे अन्दर गुस्सा भरा है, और दया भी। पर मैं ठीक-ठीक नहीं जानती कि गुस्सा किसके लिए है और किसके लिए दया। मैं चकरा सी गई हूँ। क्या कभी, किसी तरह, मैंने माँ को यह महसूस करवाया था कि हमें यहाँ आना चाहिए ?

लेकिन मैं कुछ कहती नहीं हूँ। क्या फायदा ? मैं बेवकूफ सी दिखने की कोशिश करती रहती हूँ जबकि अजीब-अजीब डर मेरे अन्दर काली स्याह बिजलियों की तरह चमक रहे हैं।

मैं हँसकर सब भूलने की कोशिश करती हूँ लेकिन इस से भी बात नहीं बनती। मैं दीनू से कहना चाहती हूँ कि उसने पूरी रजाई खींच ली है और मुझे ठंड लग रही है लेकिन मेरे मुँह से

आवाज ही नहीं निकलती।

नींद में डूबने से पहले मुझे कहीं दरवाजा बन्द किए जाने की आवाज सुनाई देती है।

बाबू ने घर लौटने के लिए पैसे भेज दिए हैं।

मनीऑर्डर लेते हुए माँ हमें बताती हैं कि सब ठीक रहता तो हमारे लौटने का इन्तजार उनके भाई ने ही किया होता लेकिन इस बार उन्होंने बाबू से पैसे मँगवा लिए क्योंकि अभी तो नानी या मामा पर हमारे लौटने का बोझ डालने की बात वह सपने में भी नहीं सोच सकतीं।

माँ के यह कहने के बाद कि वह जल्दी घर लौटना चाहती हैं क्योंकि पीछे से घर की देखभाल नहीं हो पा रही होगी, मौसियाँ हमारे आने के बाद से पहली बार सचमुच भलमनसाहत से हमें देखकर मुस्कुराती हैं।

बिना माँ की तरफ देखे नानी खास किसी की तरफ इशारा किए बिना कहती हैं कि जैसे टोस्ट दोनों तरफ से बराबर सिका होने पर ही मजा देता है, इसी तरह ब्याही बेटियाँ भी तभी शोभा देती हैं जब वे अपने घरों में भी उतना ही वक्त रहें जितना दूसरों के घरों में रहती हैं।

वह "माँ के घर में" नहीं कहतीं क्योंकि एक तरह से तो यह उनका घर भी नहीं है, यहाँ तो वे भी हमारी तरह मेहमान सी ही हैं, और अगर उनके मेहमान आकर जाने का नाम ही न लें तो उन्हें परेशानी तो होगी ही।

नैनीताल के बस अड्डे पर माँ नानी की दी हुई विदाई की दक्षिणा से मेरे और दीनू के लिए घोड़ा और अपने और बच्चों के लिए पालकी किराए पर लेती हैं। यह ठंडा और बादलों भरा दिन है और सड़क पर ज्यादा लोग नहीं हैं।

अभी हम अपने घर को जानेवाली कँकरीली ढलान पर ही हैं कि बूँदाबाँदी शुरू हो जाती है।

"बस इसी की कमी रह गई थी," दीनू बड़बड़ाती है। एक ही घोड़े पर बैठे होने की वजह से यह जरूरी है कि उसे कसकर पकड़े रहूँ, लेकिन दीनू का मूड बहुत खराब है, मैं उसे बकोट रही हूँ और मुझे अपनी ही हिफ़ाजत की पड़ी है। दीनू मेरे हाथ झटक देती है। वह यह भी कहती है कि यह बहुत ही भयानक है कि किसी के ऐसे बिगड़ैल भाई-बहन हों और उसे बिस्तर से लेकर घोड़े तक उनके साथ बाँटने पड़ें।

मामी ने उसे और क्या बताया होगा ?

एक बार फिर मेरे मन में यह परेशानी भरा ख्याल उठने लगता है कि अब से दीनू तक मुझे पूरी बात नहीं बताएगी। मैं एक खास किस्म के डर से भर उठती हूँ। मैं चाहती हूँ कि हम आमने-सामने बैठी हों और मैं उसकी आँखें देख पाऊँ। शायद तब मुझसे कुछ न छिपाए। लेकिन छिपा भी सकती है।

तब मैं जान जाती हूँ कि अब से, सौतेली बहनें होने का दुःख और शर्म हमारे बीच आते-जाते रहेंगे। और कोई भी चीज इसे पूरी तरह नहीं रोक पाएगी। शायद मामी ही ठीक थीं और सब कुछ दीनू का ही होना चाहिए। शायद।

ख्याल तो बहुत ऊँचा है लेकिन इससे मुझे राहत नहीं मिलती।

शुरू में बाबू कुछ नहीं कहते। उनकी चुप्पी शोरों को और भी डरावना बनाती है। तेज बरसती बारिश के बीच भी मैं रसोई में टपकते नल की आवाज सुन पा रही हूँ।

मैं जोरदार बहस के लिए हुड़क उठती हूँ। ऐसी हुड़क मेरे मन में कभी न उठी थी।

माँ भड़भड़ाती हुई पलंग के पास की खिड़कियाँ बन्द करती हैं, वह यूँ बड़बड़ाती हुई खिड़की के काँच पोंछती हैं जैसे वे कहीं गई ही नहीं थीं। मैं उनके डर को सूँघ पा रही हूँ। मैं डर रही हूँ कि धीरज कमजोर पड़ जाएगा, डर बढ़ता-बढ़ता गहराने लगेगा और आखिर गुस्सा बनकर फूट पड़ेगा।

दीनू की आँखें इस सबसे एकदम अलग-थलग हैं जैसे उसका

कोई लेना-देना न हो। दीनू सयानी है। वह किसी की तरफ नहीं है।

"कहिए ?" बाबू फिर बनावटी सौजन्य से पूछते हैं, उनका सिर एक तरफ को झुका है, "साहब लोगों की छुट्टियाँ कैसी रहीं ?"

उनकी आवाज यूँ गूँजती है जैसे हम किसी बड़े से खाली कमरे में हों। उनका सवाल माँ से नहीं, दीनू और मुझसे है।

मैं जवाब देते-देते मुँह बन्द कर लेती हूँ।

मैं दीनू की तरफ देखती हूँ कि शायद वही कोई इशारा दे, पर वह हमारे बैगों में व्यस्त है। मैं मदद करना चाहती हूँ पर कर नहीं सकती। छोटे होने का मतलब है कि आपको उतरन ही नसीब होती है। जो भी आप साझा करना चाहें वह किसी को पूरा नहीं आता। दूसरे की पीड़ा ढँकने के लिए आपकी करुणा तक बहुत छोटी, बहुत कमजोर हो सकती है। मैं किसी की मदद नहीं कर सकती। ऐसा लगता है जैसे मैं उन्हें आकाश से देख रही हूँ।

बाहर हवा हुँहुँआती फिर रही है और नम अँधेरा गहराता जा रहा है।

"धूप भरे मैदानों के बाद पहाड़ तो बहुत ठंडा लग रहा होगा, क्यों ?" बाबू।

चुप्पी।

दीनू और मैं जानते हैं कि यह सीधे सवाल नहीं हैं, केकड़ों की तरह तिरछे-तिरछे चलनेवाले ताने हैं। उनमें हमारी शर्मिन्दगी के डंक हैं।

मैं कमरे से बाहर निकल जाती हूँ। और करने को बचा ही क्या ?

हमारे बिस्तर तैयार हैं। चाँदरें ठंडी और साफ दिखती हैं। मैं जूतों समेत बिस्तर में घुस जाती हूँ। कहीं से फोन की आवाज आती है। मैं आँखें बन्द कर लेती हूँ।

मैं ऐसा सोचने की कोशिश करती हूँ कि मानो हम अभी घर नहीं पहुँचे। जैसे अभी मैं ट्रेन में ही सोते हुए सपना देख रही हूँ।

जैसे पलंग मेरे रोने से नहीं बल्कि ट्रेन के हिचकोले खाने से हिल रहा हो। जैसे मेरे आसपास हो रहा सब कुछ सपना है जिसमें दूसरे कमरे में जाकर, मेज पर दूसरी तरफ बैठे आतंक का सामना करना शामिल नहीं है।

"ठीक है, तुम मनमानी करो, जब तुम्हारे जी में आए तब खाना, भले ही बच्चे बेचारे भूखे सो जाएँ।" माँ के रोने की आवाज।

चुप्पी।

वे फिर शुरू हो गए।

कहीं का दरवाजा भड़ाक से बन्द होता है, फिर तख्ते चरमराते हैं और नमी भरी ठंडक कमरे में घुस आती है।

नाक सुड़कती माँ हमारे कमरे में आ गई हैं। कह रही हैं कि उन्हें पता ही था कि बजाय दूसरे काम में उनकी मदद करने के हम यहाँ होंगी और भगवान के लिए मैं अपनी बदबूदार जुर्राबें उतारकर कोई साफ-सुथरी जुर्राबें क्यों नहीं पहन लेती ?

"उठ जा," दीनू फुफकारती है, "नहीं तो पता है न क्या होगा ?"

कमरे में फफूँद की गन्ध है। माँ बड़बड़ाती हुई सामान धर-पटक रही हैं। मैं अन्धे पतंगे जैसे उनके गुस्से को ठंडी, नम दीवारों पर सिर पटकते महसूस कर सकती हूँ। सिर्फ मैं ही जानती हूँ कि वह जितनी दिखती हैं उससे कहीं कमजोर हैं। उनके पीछे खिड़की के ठंडे काँचों की झनझनाहट सुनते हुए मैं उन्हीं के लिए डरती हूँ।

"उठ जा !" दीनू फिर फुसफुसाती है। उसकी आवाज में ऐसा भाव है जैसे साईस बिदके घोड़े को मना रहा हो। वह अब भी किसी की तरफ नहीं है। वह समझदारी से काम ले रही है। मेरा मन होता है कि वह समझदारी से काम न ले। मैं चाहती हूँ कि वह गुस्से से बौखलाए, चिल्लाए, लड़े, पर मैं जानती हूँ वह ऐसा नहीं करेगी, कभी भी नहीं करेगी।

मैं बेहद अकेली और डरी हुई महसूस करती हूँ। मुझे लगता

है कि मेरे दो हिस्से हो रहे हैं और मेरा एक हिस्सा अब किसी को भी प्यार तक नहीं करना चाहता।

कभी एक फिल्म में देखी अदा की नकल करते मैं दाईं बाँह अपनी आँख पर रखकर पाँव सीधे कर लेती हूँ। अब उन्हें मेरा प्रतिरोध भर दिखेगा, आँसू नहीं।

पल-भर कोई आवाज नहीं आती। सिर्फ ट्यूब की हल्की भनभनाहट है, फिर मेरी नन्ही बहन दीनू से पूछती है, ''टीनू मर गई क्या ?''

●●●